Staread
星 文 文 化

愛 と い う 名 の 切 り 札

［日］
谷川直子
著

王星星
译

四川人民出版社

图书在版编目（CIP）数据

以爱为名 / （日）谷川直子著；王星星译 . -- 成都：
四川人民出版社, 2025. 3. -- ISBN 978-7-220-14077-8

Ⅰ . I313.45

中国国家版本馆 CIP 数据核字第 20251114R1 号

Original Japanese title: AI TO IU NA NO KIRIFUDA
Copyright © 2022 Naoko Tanigawa
Original Japanese edition published by Asahi Shimbun Publications Inc.
Simplified Chinese translation rights arranged with Asahi Shimbun
Publications Inc.
through The English Agency (Japan) Ltd. and CA-LINK International LLC

四川省版权局著作权合同登记号：21-25-024

YI AI WEIMING

以爱为名

[日] 谷川直子　著

王星星　译

出 版 人	黄立新	责任校对	申婷婷
出 品 人	柯 伟	特约编辑	刘思懿
监 制	郭 健	营销编辑	段丽君
选题策划	刘思懿	封面设计	清 橘
责任编辑	范雯晴	版式设计	修靖雯

出版发行	四川人民出版社（成都三色路 238 号）
网 址	http://www.scpph.com
E-mail	scrmcbs@sina.com
新浪微博	@ 四川人民出版社
微信公众号	四川人民出版社
发行部业务电话	（028）86361653　86361656
防盗版举报电话	（028）86361653
照 排	天津星文文化传播有限公司
印 刷	三河市嘉科万达彩色印刷有限公司
成品尺寸	145mm×210mm
印 张	7.25
字 数	143 千
版 次	2025 年 3 月第 1 版
印 次	2025 年 3 月第 1 次印刷
书 号	ISBN 978-7-220-14077-8
定 价	49.80 元

Contents

目　录

第一章

妈妈，

结婚有什么好处吗？

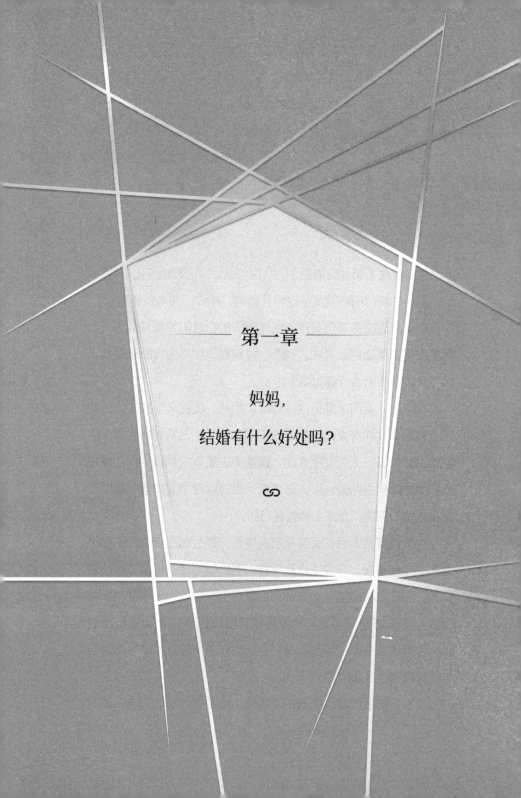

"我喜欢《第九交响曲》。"这句话,影山梓说不出口。

最后的形同陌路就是从这里开始的,梓心不在焉地想着。

刚走出老旧的灰色大楼,初夏时节的白色阳光便倾洒下来,风里夹带着路面的沥青味,视野一片模糊,梓不由得眯起眼睛,撑开从包里拿出的折叠太阳伞。

小时候,太阳伞都是白色蕾丝质地的,现在全变成了统一的黑色,据说这样可以最大程度地阻隔紫外线。无从判断真假的信息操纵着世界一天天发生变化,逐渐失去原本的模样。梓回想起母亲撑的那把白色蕾丝伞,想到母亲尽管时时刻刻撑着伞却还是遍布色斑的侧脸,没来由地感到悲伤。

有个搞笑艺人说,女孩再怎么挣扎,最后都会变成母亲那样的人。如此看来,梓应该也是一样,老到脸上斑点密集、皱纹密布了,还是能笑着陪在丈夫身边。事实上,尽管终年牢骚不断,母亲还是没离开父亲。从前梓还暗自嗤笑母亲这么活着挺没意思,可最近只是偶尔看到父母在一起的样子,她就深受感动,会突然想起"白头偕老"这个词。

背后衬衫被浸湿的感觉不太好受,梓看到一家便利店,便走进去买了杯冰咖啡。在店里，她那被浸湿的衬衫很快干透。店里用餐区的椅子摆得整整齐齐，梓找了把椅子坐了下来，摘下口罩，舒了一口气。她边喝咖啡边想，还是有些东西不会离开自己，《第九交响曲》便是如此。

贝多芬的《第九交响曲》是一支加入了《欢乐颂》合唱的名曲。在日本，每到年末，全国各地就会举办《第九交响曲》演奏会，这已经成了一种固定节目，听说加起来能有一百五十多场。

首场《第九交响曲》演奏会举办于 1824 年 5 月，距今已过去两百年，但《第九交响曲》依然广受欢迎。不仅专业乐团，就连业余的管弦乐团也会排练《第九交响曲》，为 12 月的演奏会做准备。公开招募合唱团团员的乐团一直很多，梓就在其中之一的 M 市市民交响乐团担任宣传策划工作。她大学上的是音乐学院钢琴系，因为特别喜欢唱歌，于是她就申请了体验宣传岗，准备参加合唱排练。

梓对丈夫一辉提起这件事时，对方不怎么感兴趣地"哦"了一声。

"你不喜欢《第九交响曲》吗？"

听梓这么问，一辉便冷淡地说："这种问题想都不用想。我完全感受不到那种曲子有什么吸引力。"两人的对话到此结束。

"我喜欢《第九交响曲》，不，是特别喜欢。"梓喝完剩下的冰咖啡，再次戴上口罩。她把杯子丢进垃圾桶，离开了便利店。现在，所有的宣传策划都打了水漂儿。由于传染病大流行，演奏会的举行遥遥无期。

年末的《第九交响曲》演奏热潮确实有些上不了台面。梓自己也清楚，是日本人的浅薄让这股世界罕见的狂热情绪持续升温，把贝多芬当成了固定的年节活动主题。不过她并没有为此生气，她想，曲子那么好听，不是挺好的嘛。

可这些话她对一辉说不出口。"我喜欢《第九交响曲》"这种话，听起来有点庸俗，总感觉像是不懂音乐的外行人说的。不，不是像，事实就是如此。梓觉得这句话意义重大，似乎都能颠覆一辉对自己的看法。

影山一辉是作曲家。

上大学时，梓时常拿朋友送的票去听新人专场音乐会。就是在那里，她听到了影山一辉创作的交响曲《水泥海洋》，心迷神醉。当时的梓就读于很不起眼的私立大学音乐学院，同时在音乐杂志《古典音乐月刊》编辑部兼职。她找编辑部的女编辑佐藤渚帮忙，要到了影山一辉的履历和照片。

影山一辉出生于栃木县，是从东京艺术大学作曲系走出来的新锐作曲家，当时三十二岁，比梓大十岁。一辉斜视向下的肖像照成了梓的珍藏。真帅啊，梓想。不过，哪怕顶着"新锐作曲家"的名号，他却也没法像演奏家一样发行CD。梓只能一遍遍在脑海中回味那首只听过一次的交响曲。她虽然钢琴弹得不怎么样，耳力却算得上出类拔萃。梓的记忆力其实并不好，但只要是她中意的曲子，她听过一次就能记住。这项特殊的能力从前没遇到发挥作用的机会，这回派上了用场。在一辉的曲子尚未再次演奏的时间里，梓总是一遍遍重复着那首镌刻进耳朵里的交响曲。

《水泥海洋》是一首不可思议的交响曲，梓从前似乎从未听过这样的曲子。后来被人问起时，梓评价这首曲子"理解透彻"，意思是透彻地理解了现实。

"黎明诞生了，在夜的尽头。那是焕然一新，呱呱坠地的美丽黎明。它将被现实一点点蹂死。最开始是擦伤，这时只奏管弦乐器，用 C 短调。然后是深深的割裂伤，就要流血了，它感到剧痛，这时加入铜管乐器，血液流出。手脚、躯体、头、脑袋现出裂纹，嘎吱嘎吱地断开。好痛、好痛。可城市不会死去，因为它是水泥做的，是比死亡更冰冷，也比死亡更火热的水泥。太阳将沉时，黎明已经不见踪迹，只剩下横亘的虚影，奄奄一息。接着就进入第二乐章。夜晚啊，浪潮涌来又退去，是离子声波，在城市的神经里传导。这章是 D 短调，音阶很美，和弦一点儿也不协调。然后是第三乐章，欲望在夜色下盘旋，男女交缠，进进出出的动作跟随旋律变成浪潮。单一的音调重复奏起，那是地球与月球的拉扯。到了夜晚，受万有引力作用的一切都袒露在外。无聊至极，让人想打哈欠。就在此时，打击乐器打破静谧，进入第四乐章。我们能再一次迎来黎明吗？水泥城市必须决一死战。耳朵听出茧子的老一套例行程序来了。打击乐器听得人战战兢兢，弦乐前来助阵。因为每天都得丝毫不差地执行同样的程序，所有人此刻都紧张得战栗。从 A 大调开始，曲子转调、转调再转调。

铜管乐器、木管乐器在逼得人即将神经衰弱的上一秒止住声响。明明需要配合，却不能形成合力。大家于是都零散地奏响音乐，为了唤醒仿佛死去一般的水泥城市。空中的某个小点开始隐隐泛白，光亮勾起艳羡，所有乐器都开始祈求光明的出现。缓缓地，缓缓地，不含丝毫喜悦，也不含丝毫情感净化。即便如此，还是迎来了干脆利落的高潮。我不知道这里是不是可以叫作高潮，总之所有声音都在不久后归拢向黎明。"

初次听到影山一辉作品的三年后，梓死乞白赖地恳求编辑部的佐藤渚带她一起去一辉家做采访。采访结束后，她突如其来地说出自己对曲子的这番见解，击中了一辉的心。

"那会儿我还在想你是不是脑子有问题呢。"直到现在，聚餐时只要一喝醉，佐藤渚必定会说出这番话来。

"公演就那么一次，CD 都没出，你这个连钢琴都不怎么会弹的年轻姑娘竟然还滔滔不绝地说了一大串，真是不多见。影山先生目瞪口呆的样子也挺好笑的，后来又慢慢露出高兴的表情，他可是出了名的不苟言笑呢！我就想，他肯定是爱上你了。果然不出我所料，你瞅准机会就上位了。说起来，要是泽本环没有指挥演奏那首曲子，影山先生也不会崭露头角。默默无闻的作曲家听到有人那么热情地阐释自己的曲子，怎么可能无动于衷呢？"

佐藤渚说的基本是事实。在梓接着告诉影山一辉自己是他的粉丝，并且发自内心地尊敬他以后，一辉递给梓一张入场券，告诉她接下来有场音乐会，他会初次演奏自己创作的室内音乐。他彬彬有礼地对梓发出邀请，如果她要来，请务必去后台见个面。

梓当然欣喜若狂。在等待音乐会到来的三个星期里，她每天都哼歌，一天到晚笑眯眯的。音乐会当天下起了暴雨，她还是风雨无阻地去了现场。

一辉那天公演的是一曲名为《灰色》的弦乐四重奏小品。梓把注意力集中到极限，听着听着，就踏上了幻想世界的旅途。大提琴演奏的旋律打开大门，不成曲调的刺耳和弦俘获了她。

她兴冲冲地跑到后台。

一辉问："我的曲子怎么样？"

梓又突如其来地说了起来："我进入了一片灰色的世界。沙尘暴席卷城市，灰色的沙粒钻进所有缝隙里。这里没有白昼，没有黑夜。人们徘徊着，不知不觉陷入沉睡。死神与天使同时现身，窥视人们沉睡的面庞。放生还是杀死都在他们的一念之间。灰蒙蒙的一片，人们被束缚在无边无际的灰色世界里。沙尘暴再次袭来，被宣告死亡的人类就此变成灰色的石像，风化成沙。然而幸存者也很痛苦，无情呼啸的沙尘打在他们脸颊上，所有人都失明了。"

听着梓讲述的一辉浮起微笑，说："你为什么听出了沙尘暴呢？"

"因为沙子填充了缝隙，就在小提琴的六度与四度音反复奏起的'啦——啦啦啦啦啦——啦'里。还有粗粝的中提琴音，大提琴奏的是风。"

佐藤当时也和梓一起去了。她说，看到说出这番话的梓，她唯有怀疑梓精神失常了。

可一辉却深深凝视着梓。"所有人都失明了，你理解得真好，"他带着亲昵的口吻说道，接着又向梓发出邀请，"要不要去喝一杯？"

"所以我就决定让梓负责音乐会评论啦。"佐藤只要醉酒时提起那段往事，就会不分对象地大讲特讲。

总之，那天晚上，在他们去的酒吧里，一辉毫不掩饰地赞扬梓："你的耳朵真厉害啊，我很喜欢。"梓没有说客套话，而是发自内心地倾诉衷肠："影山先生的作曲水平深不可测。"一辉不想错过梓这个贸然出现的第一个也是唯一一个自己的崇拜者，两人于是开始交往，而后不到一年就结了婚。

兼任大型乐器店的钢琴培训老师与编辑部临时工的梓，在与不怎么出名的影山一辉结婚时，不会觉得自己能过上多么优渥的生活。然而，就因为特别尊敬一辉，把他看作这个世界上唯一闪闪发光的人，因此只要想到能和他一起生活，她就足以感受到浓郁的喜悦。无欲无求的一辉在俭朴的生活里一心一意地埋头工作。虽然接到的都是小活儿，但他却从来没因此沮丧过，还是认认真真地投入其中。梓深爱着一辉做的事情、一辉的才气，以及一辉这个人。

那个时候，我和他是怎么谈论《第九交响曲》的呢？梓回忆着，脚下迈开步子。"说起来，那年在上野，我们还一起听了《第九交响曲》。"梓独自嘟囔着，拿手帕擦拭着脖子上瞬间冒出的汗珠。总之，加入合唱团的计划夭折了，梓特别失望。她想起了过去。

即便结了婚，影山一辉还是照旧过着禁欲的生活。

他总是去街上散步，攫取灵感，再把自己关进工作室创作曲子。梓觉得一辉是在里面作曲，不过她没亲眼见过，不知道真假。总之，她没有刻意去了解一辉究竟在工作室里做什么。为了尽量不打扰一辉，除了备好他随时想吃就能吃到的饭菜以外，她的一切还和婚前没什么两样，继续在钢琴班带学生，在编辑部做兼职，每月赚近十万日元充当生活费。编辑部的兼职除了打杂以外，也能给无名人士或新人的演奏会、CD 写写评论。

趁着工作之便，梓每天都去听小型演奏会，一辉偶尔也会一起去。两人互相交流看法，一辉常常运用专业知识给出评价，梓则想到哪里是哪里，用自己的语言再现音乐。她从小就喜欢看小说，尤其是奇幻故事，因此，在描述起音乐时流畅自如得不可思议。也唯有在这种时候，她才变得滔滔不绝。

梓怎么说也读过钢琴系，自然听过古典音乐，但若问她有没有正儿八经地研究过音乐，她却给不了肯定的回答。于梓而言，音乐就意味着下一步应该掌握的钢琴曲，这便是她理解它的全部定义了。大多数朋友的钢琴技艺止步于贝多芬的奏鸣曲，梓也一样，没有突破到更大的世界里去。也就是说，哪怕仅就音乐作品来谈，她所接触的也尽是自己从没听过的曲目。每当此时，一辉就会为她填补起这方面的空白。梓借着一辉的帮助，更为得心应手地撰写乐评，也因此获益良多。一辉也完全没有任何损失，对他来说，认真听自己发表言论的梓就是他最好的倾听者。无论他谈什么，梓的眼里都会绽放出闪亮的光彩，这也满足了这位孤独的作曲家的自尊心。

作曲家是个困窘的职业。创作出来的曲子如果没人演奏，就永远不会有得见天日的一天。当然了，也有些曲子是受他人委托创作出来的。可梓觉得，这种曲子有倒是有，但定好了要在哪里用，就没法让一辉发挥出自己的才能了。委托方给出他们的想法，一辉就要朝着那个方向去创作。况且接到的委托也没那么多，毕竟一辉只是个名不见经传的作曲家。同流行乐、摇滚乐等其他音乐领域从业者一样，要是没能一举推出火爆的音乐作品，仅靠作曲度日会非常困难。

梓不清楚一辉的想法，但她相信一辉的能力，因此没来由地觉得那个能让一辉爆红的契机就在不远的将来等待着他。梓已经决定，她要四下触探，等到时机降临就立刻告诉一辉，她也会为此时刻准备着。梓之所以会这么想，是因为待在音乐杂志编辑部的几年时间里，她已经亲眼见证了好几名演奏家由于某些原因一下子爆红。

说实在的，靠她这么等，根本等不来什么机会。不过就在那个时候，有公司策划了一个活动，准备让年轻帅气的高人气指挥家泽本环在 N 交响乐团指挥演奏一辉的《水泥海洋》。梓于是稍稍生出些错觉，以为这也是自己召唤而来的幸运。尽管有这样的错觉，在看到电视节目里介绍了一辉的履历、放出了他的照片后，梓还是打起了十二分精神，告诉自己"成败在此一举"。

抛开能力不谈，做音乐的圈子还十分看脸，这样的取向比起李斯特那个时代更为明显。实力相当的两者之间，人们想看更好看的那一个。梓想，这一点放在作曲家身上也是一样。一辉长得并不出众，不过他有一双好看的双眼皮眼睛，要是好好打理下发型，应该也是个氛围感帅哥。

思来想去，最后她把一辉带到青山的一家美容院，烫了个蓬松的卷发。接着，他们又去了一家知名设计师的品牌时装店，斥巨资买了件褶皱设计、自然随性的白 T 恤。一辉对这些安排一点儿都不上心，不过却因泽本环挖掘新人作品这件事本身获得了极大的满足，因此，也没有打击梓的兴致，随她去折腾了。

梓的努力最终得到了回报。作品如何先不论，古典音乐迷们好奇地互相打听那个有点儿小帅的作曲家究竟是谁，一辉由此成为他们热议的话题中心。

"内向的不谐和音并未打破常规，传到更远的地方去。"

或许是被某位评论家撰写的乐评影响了心情吧，在梓为一辉拍摄的用来放在博客里的照片中，一辉皱着眉头，嘴角下垂，神色忧郁。开通博客的人是梓，还没开始写，她刚把一辉的照片和履历传上去，就已经有人留下了评论。梓十分惊讶，她告诉一辉："你要火了哦。"

没多久，能挣到钱的工作机会接踵而至：纪录片的背景音乐、电台节目的主题曲、建筑公司的广告曲等。之后，一辉遇到了命定般的机会。

一家电脑软件公司抛出了橄榄枝。

他们希望一辉能为新发售的小型掌机游戏《魔法师帕尔》创作背景音乐——所有的背景音乐。

前来约好的咖啡馆碰头的是两个三十岁上下的男人。两人体型不同，但穿着一样随意，都只在印着动漫图案的 T 恤外罩了件一模一样的格子衫。他们轮番描述着那个游戏如何好玩。一辉和梓没玩过游戏，根本理解不了他们在说什么，但一辉和梓被超乎想象的丰厚报酬吓了一跳，最后还是接下了委托。

"按杜卡斯《魔法师的弟子》那种感觉来应该可以吧？"

"迪士尼的《幻想曲》不是更合适吗？"

"呃，我们说的是同一首曲子。"

"啊，是吗？"

后来，梓总是一次又一次回想起当时那段对话，但她没放在心上，转而专注在游戏公司送来的 DVD 上。那里面刻录了游戏的背景画面，有各式各样的小镇、角色、战斗场面等。"我先把游戏机和其他游戏软件买回来。"她对一辉说完就行动起来，开始收集相关资料。

"我哥哥在玩具店打工，他说这三个游戏挺受欢迎的，还说背景音乐是游戏特别重要的一部分呢。"

"哦。"

对梓和一辉而言，游戏音乐是一个全然未知的世界。一辉排斥电子音制造的声响，梓一遍遍劝他"这是工作、工作"。他耐着性子听下去，听着听着，突然就在某个瞬间抓住了精髓。那三个游戏的开场主题曲是管弦乐，这倒有些出人意料。音乐时长约有九十秒，必须在这段时间里点燃玩家的激情。首先是十秒的前奏，引出游戏整体的主旋律，要简单好记，并且令人印象深刻，接着稍稍发散，最后缓缓回落，华丽收尾。一辉笑着说："我不擅长这个，不过很简单。"

除了开场曲，策划书里还设置了细致的音乐场景，包括帕尔、帕尔的伙伴金娜、六个师父、十一街的昼与夜等主题曲，战斗场面、旅程途中、地牢、洞穴、驿站等各个场景的主题曲，以及重要的魔法启动、停止效果音，每段旋律的时长精确到秒。

"以莫扎特为主，然后是肖邦、巴赫。往名人风格上靠就成了。"

"哇。"一辉的分析让梓赞叹不已。他这么一解释，游戏音乐就变得很好理解了，梓就分析不出这些东西。"就是那种如同梦幻的童话一般完美无缺的喜怒哀乐吧？"一辉到底是一辉，听到梓的这番分析，他惊讶地"嗬"了一声。

一辉和梓一起研究了买来的三款游戏。抓到重点以后，他两周就完成了任务。经过几轮的意见反馈和修改，音乐作品最终在两个月后敲定成型。这些作品完全入不了一辉的眼，梓劝一辉说："从头到尾都是电子音，从接下任务的时候就已经知道会是这个结果嘛。"一辉于是就此作罢。

一个月后，这些极其不得一辉喜好的作品，随同游戏主人公帕尔的可爱动画一起，被电视台截取片段作为非常应景的游戏背景音乐，经由电视流入千家万户。

其中尤其受孩子们欢迎的是帕尔的咒语和用竖琴、长笛制作的咒语效果音。他们一听到这个就兴奋不已。游戏大火，主题曲随之声名大噪。梓趁热打铁，在博客上大力宣传一辉制作了游戏主题曲。

"原来那个有点儿小帅的作曲家就是这款游戏的音乐制作人。"

消息很快传开，又有好几个游戏公司发来邀约，但一辉全都推掉了。

随后便到了年末，东日本大地震发生。

面对残酷至极的重大灾害，人们沉默失语，一辉似乎也失去了音乐能力。他被迫目睹不可战胜的绝对力量，沉重的无力感袭上心头。

他们和其他人一样，紧盯着电视屏幕，眼神牢牢吸附在受灾地区传出的画面和新闻上。之后一辉便一直在电脑上搜索与地震相关的新闻。

某一天，一辉偶然看见一篇报道，说有位比他年长许多，已经退圈的女歌手带着一台卡式录音机看望受灾群体，巡回各地演唱往年热曲。灾区的人们听到怀旧歌曲，情不自禁地加入演唱，大家一起完成了热泪满盈的合唱。女歌手似乎是自己单独行动的，有别于许多因大额捐款而登上纸媒的艺人，报纸上并没有关于她的报道。或许她特意拜托了媒体不要登报。为了弄清楚真实情况，一辉一遍遍在网上搜索，发现引起广泛关注的只有某位不知名人士写的一篇博客文章。

那个时候，网络世界里真相与谣言鱼龙混杂，人们难辨真伪。但谣言里也隐匿着他们某些殷切的盼望。大概是因为不知从何处漫溢而出的某些东西，迫使人们产生了期盼着什么便想写下什么的情绪吧。

梓深刻理解一辉的心情。音乐一时尘封，不只一辉，所有音乐圈人士都被置入了情难自禁地怀念音乐的境地。

4月10日，NHK交响乐团要在上野的东京文化会馆举办慈善音乐会，演奏曲目是贝多芬的《第九交响曲》，指挥是祖宾·梅塔。

梅塔是因为佛罗伦萨歌剧院的日本公演来到日本的，遇到了3月11日发生的东日本大地震。福岛第一核电站发生核泄漏事故后，为避免遭放射性物质侵害，剧院接到回国的指令，公演就此中止，梅塔也要离开日本，但他希望借由音乐会鼓舞人们的心愿并没有消失，与NHK交响乐团敲定合作后，他再次只身来到日本。

梓通过编辑部的关系拿到门票，和一辉一起去听了那场演奏会。独唱歌手阵容中，女高音是并河寿美，女中音是藤村实穗子，男高音是福井敬，男中音是阿蒂拉·容，合唱阵容则是东京歌剧合唱团。

在梅塔的呼吁下，现场先进行默哀，随后演奏了巴赫的《G弦上的咏叹调》，紧接着便是《第九交响曲》。

演奏会上的听众们不同以往，情绪异常激动。他们绷紧神经，生怕这股激动被人看穿。压抑了一个月，人们或多或少承受了一些压力。另外，想为受灾群体做点什么的心情也并非作假。就在不知该不该享受演奏的当口，慈善音乐会这个绝妙的机会摆到了他们面前，他们由此精神振奋地聚集于此。演奏者也清楚眼下这种情况。

梓觉得很不自在。一辉从走出家门后始终一言不发。

演奏有些收敛，不过贝多芬的《第九交响曲》依然华美恢宏。梓觉得，它本就如外面世界里盛放的樱花。那天的上野熙熙攘攘，到处都是去赏樱的游客。能不能赏着樱花，听着《第九交响曲》，接受心灵的洗礼呢？梓边这么想着，边听着演奏，不觉间陷进音乐之中。进入第四乐章后，所有人都意识到演奏做了降音处理。梓早已忘记这是场慈善音乐会，沉醉在全场合唱中。她内心激荡难平，演奏一结束就立马起身，一直鼓掌。现场掌声雷动，经久不息。唯有一辉仍然坐在原地遥望远方，没有鼓掌。

回家路上，等他们从山手线换乘到地铁，并排坐在空座上后，一辉才开口问："你很激动吗？"

"嗯。我又一次意识到《第九交响曲》原来那么有力量。"

"是吗？"

"你呢？你不喜欢吗？"

听梓这么问，一辉抱起胳膊，沉吟片刻后回道："今天，我感受到了音乐的可怕。然而比起音乐，人更加可怕。"

"可怕？为什么？"

一辉没有回答梓的问题，第二天起，他便埋头在自己的工作室里，闭门不出了。

夏天，他们掏出些积蓄，连带制作游戏音乐得来的酬劳一起作为首付，背上三十年贷款，买下了位于东京一角的二手三室公寓房。在此之前，两人一直生活在逼仄的一室公寓里，卧室充作工作室，床安置在客厅。这次一搬家，他们的生活质量也大大提高。由于没有举行过婚礼仪式，梓到这会儿才终于真实地感受到自己结婚了。她想，接下来的三十年，他们都会一起生活在这里。此时还只是他们婚后的第五年，梓辞去了钢琴培训教师的工作。

动画电影《我们无法实现的梦想》于灾后第二年上映，这是部青春电影，讲述了一帮默默无闻的乐队成员的梦想。电影出自一位名不见经传的年轻导演。导演是"魔法师帕尔"的狂热粉丝，在他的不懈劝说下，一辉答应为电影制作音乐。

电影里的主角们唱的歌也是一个默默无闻的乐队唱的，一辉还亲自参与编曲，挑战流行音乐。

"流行音乐基本也是从莫扎特的音乐里汲取营养而来的。"研究完梓买回来的参考资料后，一辉如此说道。

"还有肖邦。"

"啊，我好像也有类似的感觉。"梓嘴上这么说，其实心里并不清楚，究竟哪里来自莫扎特，哪里贴近肖邦的风格。明明一开始她直接问出来就好，可刚开始没问，现在就更问不出口了。

电影随着播出逐渐积攒起人气，待到他们意识到的时候，已在全国上映，成为长期霸屏的热门作品。加入了幕后献声乐队演奏作品的原声带 CD 也大受欢迎，其中由一辉创作的曲目——《不知何时看到的天空》，渐渐被单独加以介绍。这首曲子是主角们半夜偷偷潜入中学母校的操场，在操场上玩接投球的背景音乐。双簧管奏出的旋律被梓形容为"柔和至极，轻轻地消散而去，听得人心都要化了"。

正如梓所描述的，这首曲子对于作者一辉来说极其纯粹且陈旧。梓继续说道：

"长长的卷轴在广袤的原野中央翩然展开，沿着卷轴走去，与怀念许久的人不期而遇。那人是无条件站在你这边的伙伴。对着那个人，你可以大倒苦水，倾吐怨言，即使哭也没关系。那个人会拥抱你的一切，或许还会把自己的未来交给你。为此，你必须认真说出真实的心愿。曲子终结之时，魔法就会消失。"

这则过分详细的评论经由一辉的博客悄然传开，《不知何时看到的天空》作为祈愿曲，登上了经典曲目的宝座。

至此，梓才稍稍理解了那天一辉说的"人很可怕"是什么意思。理解——这是梓在两人的相处中最引以为傲的东西，然而此时，她开始怀疑曾经以为的理解只是自己的幻想，她随即又自我否定了这股怀疑，因为它实在过于可怕。

有了为大河剧主题曲作曲的工作经历，一辉四十五岁那年被提拔为NHK教育频道的音乐节目《音乐之门》的主持人。与他搭档的是深谙古典音乐的女演员坂东香织。除了古典音乐，节目里还会介绍流行乐、爵士乐等。坂东香织的天然呆与沉稳得不似初次主持的一辉给出的通俗解说混合出绝妙的化学反应，这对双人组合破圈而红，第二年还一起拍了啤酒广告。

梓一直以造型师自居，全盘负责一辉的发型、着装打扮。然而，渐渐地，一辉开始自行前往美容院，自行挑选服装。

梓不明白以作曲家身份为人熟知和在电视圈声名鹊起两者间有多么不同，也根本没有预想到声名鹊起的一辉会有何变化。她想，说到底，从那个时候开始，自己就在追逐一辉往日的幻影了。

眼下，梓正坐在桌边，对着电脑撰写约稿。婚后第十四年，两人已经没什么话可说，照着各自的行程忙自己的事。

一天晚上，梓随意问起一辉："你不写交响曲了吗？"一辉脸上露出片刻为难，接着反问了句："为什么问这个？"就在此刻，梓感觉自己看清了她和一辉之间究竟还剩下些什么，不由得闭上双眼，慌乱答道："没什么，就是问问。"

两人的相识始于《水泥海洋》，细想来，一辉已经很久没再创作出超越《水泥海洋》的曲子了。在梓眼里，过去那些为赚取维持生活所需的钱，又或是为打响名气而接下的工作，如今已作为一辉履历里的主要成绩被记录在册。曾经那个纯粹、害羞、略有些任性、不怎么笑、难以接近的一辉，如今已变成一个话多、招人喜欢、可以立马笑得自信洋溢的知名人士。一辉的崇拜者要多少有多少，虽然他们崇拜的和梓崇拜的是不一样的东西。

朦胧隐约的感觉变得清晰，他是不是对我已没了任何感情？这天晚上的问题或许就是导火索，让他开始嫌恶我。我是不是问了不该问的问题？

耳朵深处又一次传来《第九交响曲》的开篇。哗啦啦逼近，透着不安的脚步声，而后是乍一下打开的门扉。近来，这首曲子一直盘桓在梓的大脑里。等待着自己的究竟是什么呢？梓晃了晃脑袋，不再想这件事，转而投入工作当中。

"讨厌，又胖了。"

饭田百合子看到体重秤上的数字，一下变得垂头丧气。她身高 153 厘米，体重 58 公斤，体脂率 33.8%。她穿上睡衣，拿起毛巾狠狠地擦拭头发，边擦边走进厨房，从冰箱里拿出罐装啤酒，喝了一大口。

"啊，好喝。"

百合子从桌上的收纳筐里拿出袋装脆玉米粒，倒进碟子里，嚼了起来，发出嘎嘣嘎嘣的声音。

"妈妈，别吃了，真的要在这个时间吃这种东西吗？"坐在沙发上看电视的女儿香奈大声制止道。

香奈惊愕地继续说："洗完澡出来就喝啤酒，简直像个老头子。"

"你要不要也来一杯？"

百合子又从冰箱里拿出一罐啤酒，连着碟子一起摆到了客厅的桌子上。

"大晚上喝啤酒会长胖的。"嘴上这么说，香奈还是拉开了拉环。

"我要减肥。"百合子利落地擦着头发说道。

香奈失笑："妈妈啊，你就只把减肥挂在嘴上。你知道减肥是什么意思吗？"

"当然知道了。最近又胖了，都是因为你爸。他自从退了休，整天什么事也不干，就在家里乱晃悠，什么都没他碍眼。都不上班了，每天三餐还是一餐不落，我就只得这么伺候着。要是只有我一个人，白天吃点茶泡饭就对付过去了。这下好了，今天烤个鱼，明天做个味噌汤的，我真是受够了。啊，焦虑，真焦虑。"

"爸爸为我们劳碌了一辈子，这也没什么吧？"

"我不也在家劳碌了一辈子啊？都只觉得赚钱的人才辛苦，

我真是不理解这个世道。他还要等五年才能拿养老金，这期间去找个班上多好。"

百合子喝完啤酒，又往碟子里添了些脆玉米粒，而后换了个话题："你啊，为什么不结婚呢？"

"就是不想结嘛。"香奈喝着啤酒，立马给出了回答。

女儿究竟在想些什么啊。百合子又一次涌起巨大的焦虑，长叹了口气。

"你都三十岁了。这要放在过去，人家都要喊你大龄剩女。现在的年轻人究竟在想些什么啊？"

"时代变了。要知道，现在钱也攒不下来，想赚钱只能靠赌博。再说都 21 世纪了，结婚已经不流行了。"

"攒不下钱这点确实讨厌。"

百合子又倒出一袋脆玉米粒，嘎嘣嘎嘣地嚼着。

香奈的头发是接近金色的蜜糖棕（这是她自己说的），烫过的短发与细长的脖颈使她显得有些孩子气，瞧不出已经三十岁的样子。她里边穿着高中时期的彪马运动衫，上面破了洞，外面罩一件不知穿了多少年，早已变形的淡蓝色 T 恤，印在衣服上的船梨精图案已经看不出原本的颜色。百合子心不在焉地看着环抱膝头喝啤酒的女儿，留意到女儿的茫然，于是停下吃脆玉米粒的动作，发动攻势问道："你和水野怎么样了？"

"什么怎么样了？"

"还在交往吗？"

"嗯。"

"他没向你求婚吗？"

"他也没有结婚的打算。"

"啊？那你们为什么交往啊？"

"哪有为什么，就喜欢呗。"

"喜欢就结婚啊。"

"算了，结婚又没什么好处。"

"好处？"

"是啊，痛苦和悲伤还会加倍。光是操心自己的事就要死要活了，哪还有精力再去照顾别人。就说做饭，结了婚谁做饭？"

"肯定是你啊。"

"是吧？我不行，工作那么忙。要是就我一个人，随便吃点便利店的便当也行，泡面也行。"

"现在是让我在做。"

"是啦，是啦。"

"你不想为水野做饭吗？"

"不想。我们的口味完全相反。"

"哦。"百合子下意识地点点头，想起自己喜欢吃肉，却为喜欢吃鱼的丈夫妥协了几十年。烤完鱼，家里总会留下味道，清洗烤架也很麻烦，不吃鱼还不是照样活。不不不，现在不是想这个的时候，百合子抽回思绪，而香奈还在喋喋不休。

"咖喱这玩意儿，又辣又没什么可讲究的。可他呢，就认准了甜口的佛蒙特咖喱还是咖喱王子什么的。这还不是简单说不吃咖喱就能解决的事。意面也是，他总嫌意面太硬，不煮到能用手轻轻松松捏碎的程度，他就吃不下去。不吃意面吧，别的问题又来了。汉堡牛肉饼不让放洋葱碎，说自己家都是放卷心菜。奇不奇怪？为什么牛肉饼要放卷心菜啊？一般都是放洋葱吧？还有煎蛋，一定要我翻面，完全搞不懂。我说，那不如干脆吃煮鸡蛋。他就说，煮鸡蛋他只吃半熟的。是不是很荒谬？炸猪排要淋酱油，通心粉沙拉也要淋酱油。吃饭团不要芥末，吃饺子不要大蒜。"

"好了，香奈，别这么激动。"

"是您先挑起这个话题的。啊，烦死了。"

"不说口味，他有什么缺点让你无法下定决心走进婚姻吗？"

"水野吗？没什么明显缺点，不过他特别喜欢垃圾，要说怪也确实够怪的。"

"他不是得做研究嘛。"

"嗯，专门研究垃圾。最近他总在清晨收集涩谷的垃圾，还说找到了一个很有意思的标本。"

"有工资吧。"

"有是有。但他只是个讲师，工资还没我高，也不知道什么时候才能当上副教授。话说回来，现在生育率这么低，大学还能撑到什么时候都是个未知数。"

嗯，条件不怎么样啊。百合子在心中暗自思忖。但她心念一转，又开口道："要生孩子的话还是趁早为好，卵子会渐渐降低活力。越往后，体力也越跟不上。"

"哎呀，不要孩子。"

"又说这种话。"

"都说了不要孩子。我没时间生，没时间养。我摄影工作室的排名还在倒数第二呢！没给配相机，造型方面也没做出可以自称为造型师的成绩，得更加努力才能养活自己。我啊，没能力，脑袋也不聪明，光是活下去已经很辛苦了，你看我这样子就知道了。就算和水野结了婚还是要继续工作，不然根本活不下去。再说了，如今这个世道不景气，孩子生下来也很可怜。"

百合子站起身，又从冰箱里拿出一罐啤酒，她喝了口啤酒，试探着说："小孩子很可爱哦。"

"妈妈，你结婚得到什么了吗？发现什么好处了吗？"

"好处？"

香奈问得很认真，于是百合子陷入了思考。刚洗完澡，身体已被冷气吹得冰冷，喝两罐啤酒太凉了，肚子会受不了，她不打算继续喝第二口了。

"应该是生下了你吧。对我来说，最大的好处就是生下了香奈你。"

百合子这么说着，耳朵里却听到不知从何处传来的声音，那声音在问："是吗？真是这样吗？"

"所以啊，对不需要孩子的我来说，结婚根本没什么好处。"

香奈发起攻势，好似就等着百合子说出这句话。

"我想，很快就不会再有人向往结婚这件事。凭什么要咽下悲伤，和素不相识的人一起忍受生活呢？浪费时间又浪费金钱。没必要上赶着给自己找不痛快。"

"那香奈，你和水野在一起的时候，就没感觉到自己被治愈了吗？"

"妈妈，在别人那里寻求安慰是不可取的。"

"哟，是吗？"

"在别人那里找寄托会消耗自己。不抱期待就不会受伤。要是有人找你倾诉，你也会困扰吧？那就是个负担。能治愈人的都是偶像、作家什么的。"

"以前你就是我的精神寄托啊。"

"孩子很快就会长大。"

"那也是。"听到香奈的回答，百合子笑了起来。女儿还真是不好对付。

"所以啊，我是不会结婚的。我再说一遍哦，结婚没有任何好处。"

"'好处'是买东西的时候考虑的事，把它安到结婚头上，不觉得有点奇怪吗？"

"有什么奇怪的呢？反正大家都在计较利益得失。水野要是很有钱就不说了，可他现在这个情况……要是不直面现实，好好合计看看能消除多少让人不安的因素，根本就活不下去。"

"人生有些时候，只看数据是亏了，过后回想起来，却是一段美好的回忆啊。"

"回忆又不能当饭吃。"

"知道了，知道了，你等着，我会给你找出好处来。"

"呵。"香奈不以为意地一笑，隐下了未说出口的后半句"您说知道，是知道了婚姻的什么真相呢？"

百合子默默不语。

"香奈说，她不打算结婚哦。"翌日，百合子对边吃早餐边看电视的丈夫秀人说出这句话。秀人冷淡地丢来一句："随她去吧。"

"她一个人怎么办啊？现在还好，等老了，一个人可活不下去。"

秀人没有搭腔，百合子焦躁起来。

"死在街头就行了。"

"说什么呢！你都不担心香奈吗？"

"你不知道，这世上就没有像样的男人。"

秀人出乎意料的一句，百合子听得哑口无言。

"我啊，在银行工作了三十八年，从没觉得有哪个男的能给香奈当丈夫。"

“真的吗？”

“嗯。”

秀人在地方银行工作到今年春天，退休后一直待在家里。活到六十岁，他依然身材纤瘦，从没胖过。他怎么都不长胖呢？他工作那么辛苦吗？百合子曾经出于关心问过秀人，当时他仅以“遗传”一词作了回答。秀人的父亲也是细细瘦瘦的，肠胃和秀人一样虚弱。说起来，香奈遗传了秀人，饭量少，从没胖过。百合子时常想：哪些地方遗传到我了呢？

总之，秀人平日里不开玩笑。他都这么说了，或许真的不存在像样的男人吧！不过，到底什么样的才算像样的男人呢？

就拿眼前的秀人来说，这个细心剔着竹荚鱼干的鱼骨，把鱼吃得干干净净的男人，是个像样的男人吗？他还完了房贷，直到退休都没在职场上惹过一次麻烦，虽然从没操心过家务和育儿，但他疼爱女儿，只出过一次轨。怎么说呢，不是个草包。往上比永远都有更好的，但眼前这个人还算不错。是不错吧？

那自己为什么会这么上火呢？光是看到他待在家里无所事事的样子就生气。这是为什么呢？只是看他剔鱼骨的动作，自己就着急上火。

“凭什么要咽下悲伤，和素不相识的人一起忍受生活呢？！”她想起了香奈昨晚说的话，为了诞下健康的后代。

近亲繁殖生不出健康的孩子，所以就要和素不相识的人生儿育女啊！这是为了人类的延续，不是吗？

后来，他们聊着聊着，话题渐渐延展成了普遍化的讨论。普遍？不，不，那是本质？要是讨论本质，是不是就不该延展，而是盯准了方向深究呢？或许，想说服自己这个女儿，就得准确掌握婚姻究竟是什么。真难办啊！

"孩子他爸。"

"怎么了？"

"说到底，婚姻究竟是什么呢？"

百合子一边向茶碗里添茶，一边开口问道。秀人脸上一下子露出惊慌之色："怎么了，难道你打算和我离婚吗？"

"啊？为什么这么想？"

"你总是在感到不满的时候才会说'说到底'。说到底，什么叫父亲？说到底，什么叫工作？说到底，什么叫体贴？每次你问这样的问题，我都心惊胆战的。"

"我说过这样的话吗？"

"自己弄不明白的就要我回答，再指出我话里的矛盾之处。有点卑鄙。"

与说出口的话截然不同，秀人的态度显得有些惴惴不安，这又一次勾起了百合子的怒火。

"太过分了！我哪里卑鄙了？"

百合子粗暴地放下茶碗，少许茶汤飞溅出来。她赶忙拿毛巾过来擦桌子，边擦边反击道："那是因为你老不回答我的话，到底谁才是卑鄙的那个人啊！"

不过，自己确实很不擅长思考"说到底，某某究竟是什么"之类的问题，百合子心想。她是个一有烦恼就喜欢找人交流，然后在对话中抓住启示，以此解决烦恼的人。

这么看来，必须找不同的人问问看了。对啊，就问下瑜伽馆的朋友们吧。想到这里，百合子焦躁的情绪立马安定下来。

"算了，我去问别人。"

"别人？"

"我朋友。孩子他爸啊，你要就近交些朋友，不然日子怎么混啊，还有二十年才到八十岁呢。有空的话帮我干点家务活吧。"

"哦。"秀人耷拉下脑袋。

嘴上说要秀人帮忙，但时至今日，他插手把家里弄乱也挺令人感到厌烦的，百合子心想。她时而也会懊悔，觉得自己确实没把丈夫调教好。

百合子每周三下午两点都会在车站前的瑜伽馆里练习瑜伽体式。

受传染病大流行的影响，瑜伽馆一度暂时歇业，不过班上本来人就少。瑜伽馆门窗可以完全敞开，于是近来又开班教学了。

学员们都是五十多、六十多、七十多的女性，一共八人。指导老师是个漂亮的女老师，年龄不清楚，看着像是三十多岁。

老师教得很热情，可学员们身体僵硬，连基本姿势都做不好。每次光是决定学什么姿势，百合子她们都要讨论半天。一个小时的时间转瞬即逝，然而她们还是规规矩矩地穿着瑜伽裤、半袖 T 恤，在班上挥洒汗水。每回上完课，没有其他安排的人都会去对面的家庭餐厅，在那儿边喝茶边聊天，这已经成了她们的固定习惯。

今天学了猫扭转式，今年七十岁的今井抒发自己的感想："我以为我快死了。"她之前一直在小学当老师。

"你不是做出来了吗？我呢，肚子上的脂肪太碍事了。"

"不过饭田，你是不是瘦了点啊？"

"行了，浜，别说客套话。我称了体重，吓了一跳。天这么热，我却又长胖了。"

包括百合子在内，今天聚在家庭餐厅的一共有四个人。

"谁让啤酒那么好喝呢！"

五十来岁的田中一旦身处百合子她们一群人中间，总会惹得大家艳羡："身材像模特一样。"

"田中，你喝啤酒，身材还这么好啊！这么厉害，怎么做到的？"

"我每天和狗一起晨跑。"

"哇。"一群人深感佩服。

"儿子搬出去一个人住，我不用再喊他起床了。喊他起床真的费劲，几十年了，我早上又能慢悠悠地过了，所以就想着跑跑步。"

"你儿子搬出去一个人住了？"

"是啊。好像是交了女朋友，就在大学旁边租了间公寓。要是还住家里，不就总得受拘束吗？"

"打算结婚吗？"百合子探出身子问道。

大家都戴着口罩，因此不自觉间放大了声音。"怎么说呢，他还在上学，再说最近的女孩子好像都不想结婚，有那么点想要孩子，但是结婚免谈的意思。"

听到田中的话，七十岁的今井大为震惊，开口问："哎哟，那怎么抚养孩子呢？"

"女孩娘家养。"

"真的吗？"百合子话音刚落，浜紧接着跟上了，"我也听说过这种事。"浜与百合子同岁，都是五十五岁。她比百合子还胖，两人经常一起宣称要减肥。

"我儿子的女性朋友就和他说过，说她不需要男朋友，只想要精子。"浜说。

"啊？精子？"

"不觉得很过分吗？说是男的只会给自己徒增麻烦。她愿意为了孩子做饭，但要是给老公做想都别想。"

百合子大吃一惊：哎呀，原来会说这种话的不只香奈啊。

"她的想法也不是不能理解。家庭主妇先不论，现在的女人哪个没在外面上班。又是家务，又是孩子，又是工作，累都要累死。就算在家当家庭主妇，照顾丈夫也经常被烦死。"

"是啊，是啊。"百合子和浜点点头。

"可是呢，孩子很快就会长大独立。对孩子期望再怎么大，最后也只会落空。"今井深有感触地说道，其他三人听了沉默不语。

"今井，你丈夫身体还好吗？"浜开口了。

"不在了。走了得有十年了吧。退休没多久就去了。虽说已经习惯了，但有时还是会想，他要是还活着就好了。他不是个多好的丈夫，可像夜里一个人看电视的时候，想有个人随便聊点什么，也只能是他了。"

百合子听了，瞬间代入自己，心情沉寂下来。

"可我有时候却盼着丈夫早点死。"

浜笑着说，百合子于是也跟着笑了："就算丈夫不怎么样，可要是真不在了，日子也会孤单啊。"

"真是不可思议啊。他死了我才发现，原来丈夫是我在世界上最不费心的那个人。孩子大了终归也要费心，携家带口地来了，你得给零花钱；孙子大吵大闹，你也不好斥责，人就越来越心累。和丈夫毕竟一起生活了几十年，怎么说呢，互相都习惯了对方待在身边。他要做什么，要说什么，我都可以预想到，他也是一样。所以人不在了以后就总觉得缺了点什么。"

百合子开口说出了老一套："哦，咱们的话题似乎往好的方向发展起来了。"

"我女儿啊，明明有男朋友还是不结婚，我问她为什么，她说结婚没有好处。你们觉得呢？不可能吧。"

"好处嘛，要说这好处啊……"浜拿毛巾擦擦汗。为了通风换气，窗户一直开着，冷气因此几乎没怎么起作用。

"不是可以减税吗？所得税、地方税、医疗保险都是，相比一个人支付，以家庭为单位支付可以享受很多扣减政策呢。"

"确实。"听了田中的话，百合子用力点头。

"抚养孩子这方面也是，结了婚不就轻松许多了吗？现在的男人都会帮着一起带孩子做家务，不是吗？"浜把口罩拉到下巴边，一边含住装冰咖啡的玻璃杯里剩下的冰块一边说道。

"浜，你儿子最近怎么样？"

"嗯，结婚三年了还没有孩子。我想着问他又觉得很冒犯，一直也没提这个事，生孩子还是趁早为好啊。不过他可能是觉得没那个必要吧。这是我唯一的心病了。"

"要是大家都不生孩子了，日本以后怎么办？！"

要是把今井的这句话说给香奈听，香奈绝对会翻着白眼气势汹汹地说："你是要我为了国家生孩子吗？"可百合子时而也会忧心日本将来怎么办。环顾四周，家庭餐厅里坐的全是上了年纪的人。

"不怎么办。没有哪个国家可以永生不灭。"

"田中，你真是的，说灭亡是不是有点过了？"

"这就是忽视家庭主妇的报应。不管是谁，看到操劳的母亲，都不会想养三四个孩子，因为没人帮自己。要是经济形势上涨就不说了，咱们国家没有任何资源，到处都在说不知道什么时候就会发生大地震，年轻人当然会觉得不安啊！他们都是从小受呵护长大的，遇到事情就容易害怕。"

"确实是这样。"百合子一个劲儿点头。不不，自己必须搞清楚香奈说的所谓的结婚的好处是什么。转念想到这里，百合子开口了："我女儿说啊，再过不久，大家都不会结婚了。"来吧，来否定我吧，她想。

"等到了那时候又会是另一番景象，大家又都想结婚了吧？人就是有逆反心理。能说出不想结婚、不需要孩子这种话的，可能就是因为自己生在舒适的家庭里。你们想想，过去家里兄弟姐妹多，要是不结个婚搬出去住，就没有随心所欲的空间。但是现在的人从小就有自己的儿童房，就算还有兄弟姐妹，家里也就那两个孩子，对吧？"

人生前辈说的话就是令人信服啊！百合子一边想着，一边钦佩地看着今井稍带紫色的白色短发。百合子年轻的时候就开始冒白发，如今只要不染，头发就是灰色的。她不想看起来显老，一直细心地给自己染黑发。她坚信黑发比白发显年轻，但怎么样都没法和今井一个样。她明白，在这些方面，自己就是个容易受世俗影响的人。盼着女儿结婚，会不会也只是因为希望她不要异于常人呢？

"结婚应该是一场冒险吧！我觉得能活着冒次险是件特别棒的事情。"

冒险？不不，这是孩子们最讨厌的词了。百合子看着浜兴高采烈的神色，几乎忍不住叹息。唉，明明好不容易才聊到自己想听的。

　　"和喜欢的人结婚、生子、买房，一家人幸福地生活在一起。这些我做梦梦到过。"

　　田中，禁止谈梦。

　　"时代变了啊。"

　　今井突然开始总结发言，百合子嘟囔道："到底是时代不同啊。"

　　"归根结底，能说出'好处'这个词，可见如今已经不同于我们当年那个时代了。和喜欢的人住在一起很开心，这不就够了吗？"听浜如此说，百合子安心了，看来并不是只有自己一个人这么想。

　　"是啊。一听'好处'就想到寿险传单。那上面就老写什么'这份保险的五项好处'之类的。我觉得婚姻不适合谈利益得失。"

　　"就是，就是。"百合子点头。

　　今井紧接着却说："哎呀，那不可能的。"

　　"政治联姻这种，就是因为家族和公司的利益大于个人，所以才得以存在的啊。"

　　"你是说自古就存在没有爱情的婚姻吗？哎呀，因为爱情步入婚姻或许是近来才有的事。"

"可计较得失的话，爱不就退居第二位了吗？这样就不纯粹了。"浜接着补充说，"不过恋爱的最终目的是结婚，这种想法可能已经过时了吧。毕竟相亲又卷土重来了。"

"浜，你是先恋爱后结婚的吗？"

"嗯，他是我公司的同事。"

"哎呀，我和你一样。我们那个年代，大家还都坚信与喜欢的人在一起是最大的幸福呢。不过结婚的时候是开心，可渐渐被生活压迫，也就不那么想了。"

"我儿子也说过。他说妈妈，世界上可没有永恒的爱。"

浜哈哈大笑。百合子不知为何笑不出来。

"啊，还有电气费。结了婚不是还能节约电气费吗？"浜好似猛然想到了一般。

"是哦。两个人生活和一个人生活，电气费都差不多，还有水费也是。"

"啊，电气费。"

"那不就是房租一类的吗？"

"是啊。"

说到底还是钱的事啊！那要这么算的话，住在自己家最划算了。百合子渐渐感到沮丧。

"最近的年轻人对钱都很敏感。"浜这么说。

百合子附和着点点头，接过话来："我女儿也说攒不下钱，还说现在都已经21世纪了。"

秀人评价说，这是为了让更多人去借贷。对借钱的一方来说，低息贷款确实是个福音。香奈供职的公司也好，客户也好，应该都享受到了低息福利；房贷也好办了。任何事情本就有正反两面。

百合子心想，香奈的话让自己无法理解，会不会就是因为她只看到了事物的其中一面呢。明明迈一步就能遇到出乎意料的惊喜。有别于恋人关系的安定与亲密、"欢迎回家"这句话的全新意义，她生下孩子的时候，多少人送出了多么沉重的爱啊，以及秀人克制却无法完全压抑住的喜悦，无条件送出祝福的人脸上的笑容……这些记忆如今还清晰刻印在百合子的脑海里。

"结了婚才意识到有些东西不是用钱就能买到的。"

"对，对，就是这样。"

百合子感觉今天直到此刻才终于听到了自己想要的，几乎想和今井握个手。

"可要怎么做才能让女儿明白这些呢?"

百合子问完，今井连连摇头："说不顶用。我们自己也是过了很久才发现的。这种事说不清楚，所以他们也听不懂。因为不懂，孩子们就只看到了其中糟糕的一部分，渐渐都不想结婚了。"

"确实。"其他三人点点头。百合子想，这可真是个难题。它无关生死大事，因此才更为棘手。

第二章

为什么会相信

结婚就能获得幸福？

§

一辉说出"能和我离婚吗"的那一刻，梓内心不知何处有种这一刻终于还是来了的释然，然而她脱口而出的回答却是"不要"。要说为什么，只是她不想。她觉得一辉的脸庞迅速变小，却又清晰可见，直到此时，她才觉得自己看清了如今的一辉是什么模样。

　　上电视后，一辉变了。他会把钱花在她完全预想不到的东西上——食物和红酒。

　　刚结婚的时候，两人的收入加起来只够勉强过活，他们几乎没在外面吃过饭。一辉一把自己关在工作室里，饭点就由他自己决定。梓做好了饭放在那里，一辉什么时候想吃了，就放微波炉里热了吃。一辉是个夜猫子，很多时候都通宵工作，早上和梓一起吃个早饭，然后就去睡觉。他不怎么喝酒，因此梓根本没想到他会如此痴迷红酒。

　　然而细想起来，梓不得不承认，她其实并不明白自己究竟从一辉身上看到了什么、了解他多少、喜欢他哪里。

　　梓痴迷于一辉创作的音乐，自以为创作者便如同音乐一般，可她并未实际思考过创作者和他创作出来的音乐之间存在何种联系。

艺术作品和艺术创作者之间有什么样的联系呢？

一般人通常都会认为这两者是相通的，梓就对此深信不疑。因此，她一直觉得一辉就如同他的音乐一般，是个细腻、稍有些神经质、锋锐、有包容心、和和气气的人。她怀着这种预想见了一辉，尤其在意外发现他还有迟钝的一面后，梓心头时而泛起笑意。

总之，在一辉登上电视之前，即便感觉一辉与自己预想的形象不同，梓也只当作自己对一辉有了新的发现，欣然接受了，对于一辉的敬重从未有所动摇。

然而，因上了电视为人熟知后，在街上碰到陌生人出声打招呼时，一辉会极其自然地露出名人常有的神色，以目光致意他人。这让梓感到震惊，她无法消化他这样的变化，以至于见到后有些惊慌失措。

其实在此之前，当一辉在电视里沉着发言时，梓已经受到了冲击，她发现一辉在电视里说话的语气与和她说话时的语气几乎一模一样。梓原先以为一辉的能说会道是因为聊天对象是她，她没有见过一辉在除自己以外的其他人面前滔滔不绝地讲述他人音乐作品的样子。当然了，一辉在接受采访时也会聊起自己的曲子，不过他总会以不想束缚听众的自由为由，不大愿意讲述自己的创作意图和背后的故事。正因如此，梓根本没有想到在面对合作的女演员时，一辉竟然可以幽默而浅显地阐释音乐。

由于实在太过惊讶，梓还问过一辉："你上电视的时候紧张吗？"一辉给出了意想不到的回答："不紧张，坂东小姐特别能让人敞开心扉，多亏了她，我完全没有意识到镜头的存在。"

坂东香织知道一辉是电影音乐《不知何时看到的天空》的作曲者，仅借着这一点了解便能大大方方地宣称她自己是一辉的狂热粉丝。在梓看来，她完全就是个"假粉"。而一辉评价她"特别能让人敞开心扉"，这件事也给梓造成了冲击。坂东香织比梓小五岁，长得又漂亮，这很快就引起了梓的妒忌，也打乱了她的心神。在此之前，梓从未怀疑过自己就是最懂一辉的人，然而，这种想法只是由于没有意识到了解作曲家一辉的人很少这一事实而生出的自以为是罢了。

一天，乘坐地铁的一辉目不转睛地盯着自己映在车窗上的身影微笑。梓见他这样笑了两次，心里发毛，她无法接受一辉的这种行为。自那以后，她不再单纯地崇拜一辉了。

信仰一旦崩塌，先前没放在心上的迹象开始进入梓的视线。两人一起走在路上的时候，一辉时常会对着橱窗检查自己的仪表。他每天雷打不动地泡澡，而从前三天都不洗也是常有的事。他还用梓的洗面奶。单单能认出洗面奶这一点就足够让人震惊了。衬衫穿了一次就要放进洗衣机，完全想象不出他曾经是个连着好几天穿同一套衣服都毫不在意的人。梓闻到香味，才发现洗脸台上摆了香水瓶——爱马仕大地香水，他在哪里看到的这个呢？房间里有名牌商品的购物袋，一辉开始自己给自己添置服装了，并且品位也比之前更加洋气。梓难以想象一辉去店里同店员交谈的场景，他肯定是听从了店员的建议。这个上了电视的作曲家大概得到了店员热情的服务吧。现实的种种早已超出了梓的想象。

其后的一个下午，红酒柜送到了他们家中。

"这是什么？"梓问。

一辉兴奋地回答说："红酒柜啊。"

"什么？"

"专门用来存放红酒的，类似冰箱。"

"这个我知道。你为什么要买这个东西？是买的吧？"

"嗯。必须用这个收藏红酒。"

"等等，你要收藏红酒？"

"嗯。红酒很值得研究。"

"值得研究是值得研究，不过你为什么要玩收藏呢？你喜欢红酒？"

"佳酿红酒很好喝啊。农田、酿造厂、葡萄品种，还有封存年份决定了酒的成熟时期。所以需要为它们准备贮藏的地方。"

"很贵吧？"

"贵的也有。像罗曼尼·康帝之类的，全世界的红酒爱好者都竞相争抢，真是没办法。"

"这些和作曲有什么关系吗？"

"没有啊。"

"没关系啊。"梓小声嘟囔，脸上无疑是茫然懵懂的表情。

梓和一辉一起去麻布的一家法式餐厅，一辉点了三支红酒，品味比较它们的味道，还和老板聊起了红酒的风味，口中蹦出的尽是梓闻所未闻的专业术语。梓就是在这时体会到了红酒领域的幽远意蕴。

对梓来说，红酒只分好喝和不好喝两种。而一辉可以细细分析酒的色泽、口感、酒精度数、香味等，嘴里还时常蹦出覆盆子、黑加仑、蓝莓、黑橄榄之类的词。蓝莓先不说，梓一边听着，一边疑心一辉是否真的知道覆盆子、黑加仑、黑橄榄都是什么样的风味。听着听着，她渐渐感到不好意思起来。

等到了买单的时候，梓白了脸色。两人吃的东西一共一万八千日元，三支红酒的价格是八万三千日元。又是鸭肉，又是羊肉，又是奇奇怪怪的蔬菜，确实都是从没吃过的美味。至于红酒，梓没品出来究竟好不好喝。坐上回家的出租车后，她说："红酒还真贵啊。"

"今天喝的可都是一般人弄不到的名酒，基本是按市价算的，那家餐厅的老板是我的粉丝。他总说想见见我夫人。好喝吧？"

一辉大概是醉了，兴高采烈地说个不停。

"红酒的风味很大程度上取决于封存前葡萄的本味。葡萄的味道取决于当年的气候。光照如何、降水多少、田里结了多少颗果子都会影响葡萄的味道。为了使葡萄的味道更加浓郁，有些庄园还会特意降低葡萄产量呢。酿酒人往来于传统与创新之间，煞费苦心。红酒是艺术品啊。”

不就是酒吗？梓在心里暗骂，脸上露出不以为意的表情。一辉似乎注意到了她的情绪，“今天没花多少。佳酿红酒里还有一瓶要几十万日元的呢！我没想喝那么贵的。这就和你的银首饰一样。你热衷于收集它，我对那个一窍不通。红酒也只是我的一个乐趣而已。有什么不对的吗？”他说出这番话，把梓吓了一跳。

穿衣风格几乎一成不变的梓，尤为痴迷一个知名的银饰品牌。银饰没有宝石那么贵，但也不便宜。梓会收藏好多种在别人看来似乎是一模一样的首饰。每次看着它们，她就满心欢喜，但她完全没想到一辉竟然知道这个，他以前明明是个连白银和黄金有什么区别都漠不关心的人。

当一辉说出“能和我离婚吗”的一刻，以往的这些记忆一下子闪过梓的脑海。她回想起的一切都是两人共同的记忆。或许可以说，他们的婚姻已经出现了精神上的裂缝。即便如此，梓还是立马给出了“不要”的回答，她觉得没必要因为这个离婚。

一辉频频在外留宿的日子持续了一年多，出轨已是不争的事实。然而，梓没有真的亲眼看到过，也没见一辉真的为哪个不知名的女人一掷千金，一直回避这个事实。他上了电视，有了些名气，人有才，长相、身材也算不错，受人喜欢也是没办法的事，梓就这么给自己制造退路，让自己做一个冷静、善解人意的妻子，没有对一辉刨根问底。

尽管不再是一辉单纯的崇拜者，梓仍然相信总有一天，一辉会写出超越《水泥海洋》的交响曲。如今他们收入可观，房贷一直在提前还，眼看着就要还完了，梓想让一辉专心作曲，所以不准备生孩子。一辉的父母对此表示理解，没像梓的母亲一样叫嚷着要孙子。哪怕一辉对她的态度不似从前，只要能忍受这一点，婚姻生活对她来说也没有多么难熬。

不，不是这样。梓还想留在一辉身边，想让自己成为一辉一直可以信赖的人，她是因为这个才不想和一辉离婚。"我会好好研究红酒的，我不再痴迷银饰了。"梓沉默地看着一辉，不知该不该补上这么一句。

然而听到梓的回答，一辉语出惊人。

"我有喜欢的人了，我是真心爱她的。"

他突然打出名为"爱"的王牌，令梓手脚发软。"爱"给一辉的随心所欲赋予了正义的意味。"我也有'爱'啊"——准备说出来的当口，梓停住了。

梓走出家门，不知道该去哪儿，天又下起了雨。她茫然地搭上电车，不自觉朝《古典音乐月刊》编辑部的方向而去。她准备给编辑部的同事带点咖啡，就走进出版社附近的咖啡店，看到了正坐在临街柜台旁的佐藤渚。

"咦，梓，你怎么来了？哦，今天有例行的新曲发布会，你来得真早啊。"

"嗯，原来的安排取消了，突然空出了时间，就想着来给大家带点咖啡。"

"发生什么了？你脸色很差啊。是因为淋雨了吗？先坐下来吧。"

佐藤站起身，催促梓落了座。她给梓买来杯热咖啡。

"今天突然降温了，这天气可真怪。喝这个吧。你怎么穿这么少，没带外套吗？今天这么冷。"

梓穿着短袖 T 恤和修身长裤，确实冷得打战。

"今晚的发布会会公开河野理比人的曲子，你留神听哦。不过是你的话，我想也不存在开小差的情况。他是东京艺术大学的，现在小有名气。"

"小有名气？"

"口碑似乎还不错。今天的发布会过后说不定就会大爆。最近都没出什么像样的作曲家，希望你好好采访哦。"

"这样啊，我知道了。"梓嘴上虽然回了话，整个人却心不在焉的。佐藤于是又一次问她："怎么了，发生什么事了吗？"

"那个，你有听到影山的什么传闻吗？"

"影山先生的传闻？"

"嗯，男女关系方面的。"

"啊。"佐藤点点头，随即看着地面，"你听说了啊。不必放在心上。"

"你知道对方是谁吗？"

梓问完，佐藤抬起头"嗯"了一声。

"是谁？"

"就那家游戏公司的员工，听说是负责背景音乐的。"

梓的记忆里没有这个人，或许她们没见过面。

因为掌机游戏要做版本升级，新游戏《魔法师帕尔的徒弟》出来后，游戏公司带着策划书找上门来，这已经是前年的事了。他们希望一辉给《魔法师帕尔》的主题曲重新编曲，再给新的角色、城镇创作主题曲，报酬是上次的三倍。一辉觉得"可以借此放松一下"，便接下了委托。这次，梓没和之前一样陪同一辉参与讨论会。游戏卖得很好，第二年又以其中一个配角为主人公开辟了支线版本。于是，最近请一辉创作音乐的委托书再一次送达家中。

"他们只是想拉近关系吧？毕竟你现在是个名人。"

"我还达不到名人的程度吧。"

"哎呀，你都和坂东香织一起拍广告了。这你可否认不了。"

梓明白，拜一辉出名所赐，自己赚的钱能用在自己身上了。不过她觉得如今的生活是他们两人共同努力得来的，是她发掘了一辉，为让世界注视一辉做足了准备。先不论她的想法正确与否，这就是她引以为豪的地方，是她的原动力、起点。梓清晰地记得那首声音绝妙地描绘出东京这座城市的庞大、喧嚣、欢乐、痛苦、冷漠、繁华的曲子。痛苦和不安的时候，只要在脑海中奏响这首曲子，她就会重新涌起可以克服一切的力量。这一事实使她对作曲家影山一辉的尊敬坚如磐石。如今，距离初次听到那首曲子已经过去十八年，一辉成了注重外表、痴迷佳酿红酒、追逐品位的俗人，即便如此，梓当年感受到的震撼却并没有因此消失。

有些时候，由于爱的存在，即便对于一件极其微小的事，人也不会遗忘因它带来的感动。大家不都是这样吗？被表扬过一次、被人温柔对待过一次，就会珍重地把那段记忆默默铭记于心。自己也是一样，梓想。

不承认偶然为偶然，而是坚信其为必然，这样的心态与爱相似。愿意从好的方面解释同一想法，长久追逐或等待给自己留下重要回忆的人，这样的行为也与爱相似。既然相似，那它们就不是爱吧，又或者确实就是爱？

注重外表、痴迷红酒、显摆品位，这些和人的本质有什么关系呢？变的人不只一辉一个，梓如今也不明白自己努力的目标究竟是什么了。如果是为了让一辉的曲子得到演奏机会，发行 CD，让他的音乐得以留存世间，让他出名，那一辉现在不是已经成功了吗？自己究竟在不满些什么，瞧不起一辉的什么地方呢？

"你还好吧？"佐藤的问话把梓拉回了现实。

说实在的，一辉是怎么看自己，又是怎么想自己的呢？梓想问又问不出口，但她觉得自己必须得问个明白。

当晚，梓第一次听到了河野理比人创作的乐曲——弦乐四重奏《呼吸》。

演奏厅没有听众，只有工作人员和采访记者。舞台上演奏的曲子已经可以在线上付费收听。几个记者稀稀拉拉地坐在指定的听众席位上听着演奏。这场发布会一共会发布六首曲目，全都是青年作曲家的新作。会上先后演奏了钢琴乐、管乐、弦乐、日本传统乐与人数少的合奏乐，最后是《呼吸》。

梓一边做笔记，一边试图集中注意力。可一辉说出"我有喜欢的人了，我是真心爱她的"这句话时的表情不时闪过眼前，梓才发现自己没有听进去。

至少最后一个作品要好好听，梓这么想着，重新调整好姿势。两把小提琴与钢琴、大提琴发出的四段声音奏出不可思议的和音，《呼吸》开始了。中提琴流畅地编织出旋律。梓忘记了一切，沉醉在音乐之中。

演奏结束后，河野理比人从听众席上起身，走上舞台行了一礼。这是个高个子男孩，是的，他很年轻，年轻到让人想用"男孩"来形容。

梓从座位上站起身，立刻急速地奔向后台。

后台都是年轻的演奏人员和作曲家，热热闹闹的。梓看到高人一头的河野理比人，立马径直走过去报上家门："你好，我是影山梓，给《古典音乐月刊》写乐评的。"说完递出名片。

"啊，影山梓。神秘的乐评——"

理比人说着，露齿一笑。花哨的麒麟图案衬衫穿在他身上格外合适。他眉上打了眉钉，耳朵上也打了很多耳钉。

"神秘的乐评？"梓反问道。

"啊，哎呀，哎呀，抱歉。影山梓，我知道你。你也来了啊。曲子，你听了吗？"

"嗯。有微生物、雨、阳光、湿润的泥土气息。"

理比人哈哈大笑。

"原来是真的啊！"

"什么？"

"都说影山梓可以看到声音，原来是真的。"

见梓一脸莫名其妙的表情，理比人止住笑声道了个歉："啊，对不起。"

梓的脑袋里堆积的千言万语正在寻找倾泻的出口，她不假思索便开了口。

"风吹了过来，种子飞舞向上。湿润的天空下，有人面色不安地站在地上。一次次呼唤，那人却不回头，似乎听不到声音。在雾霭中朝着春天而去，想走过吊桥，脚下的路却模糊不清，每小心翼翼地踏出一步，都有泥土的湿润气息紧紧缠绕在皮肤周围，身体的毛发开始柔韧地舒张开来。"

梓淡淡地描绘着《呼吸》，理比人听着笑了起来："你很有趣呢！"

"我以为你会问我是不是抄袭了肖斯塔科维奇。我说，你也会像这样解析影山一辉的作品吗？啊，他最近没怎么创作了吧？哎呀——又说了冒犯的话，对不起。"

　　"你多大了？"

　　"你没查过吗？我二十一岁。"

　　"那你喜欢的作曲家是谁呢？"

　　"贝多芬。"

　　"可以请您认真作答吗？"

　　"就是贝多芬啊。你不觉得他很厉害吗？一个人就像一家公司，接二连三地制造出产品。就如恢宏的九大交响曲，太厉害了。我的曲子和他很像吧。"

　　"你是指哪里呢？"

　　"都有很多苦恼。"

　　"人不都是这样的吗？"

　　梓开始渐渐喜欢起这个人来。

　　"你想问我什么？"

　　"啊？"

　　"你给了我名片嘛，你是撰稿人吧。要来问我什么呢？"

　　"啊，对。我想着是不是可以找时间坐下来慢慢聊一下，你的曲子真的很棒。"

　　"这是在夸我吗？"

　　"当然了。"

"听说曲子你只要听过一次就不会忘，是真的吗？"

"算是吧，我觉得好的就不会忘。"

"牛啊——"

"我不常找人要联系方式，不知道你能不能给我留个电话号码和邮箱地址。"

梓说着递出笔记本和笔，理比人接过来，用大大的字写上电话和邮箱，递回给梓。

"顺便问一下，你喜欢贝多芬的第几交响曲呢？"

梓试着问理比人，这个问题纯粹是出于她自己的兴趣。

"我喜欢《第九交响曲》，雷打不动的人气曲目。它是我要超越的目标。"

理比人说完龇牙一笑，随即伸出手："保持联系。"梓看着他伸出来的手，无奈地握了上去。这只手大而粗糙，和一辉的不一样。

由于梓一再固执地声称"不愿离婚"，一个月后，一辉离家出走了。

"你已经不爱我了吧？"

"为什么这么说？"

"你都已经不再关注我的工作了。"

"原来你是个需要崇拜者的人啊，毕竟从小被母亲溺爱着长大。"

"没那回事。你已经很久没夸过我了。"

"因为我不夸你，你才要和我离婚吗？"

"不是，我有喜欢的人了。"

"你都结婚了，这是不对的。"

"所以要离婚。"

"不要。"

"为什么？"

"因为我爱你。"

这是一句傻话，但梓也想不到其他可说的了。

"撒谎。"

"为什么觉得我在撒谎？"

"你的眼神是冷的。"

两人持续着无谓的拉扯，即便如此，一辉和自己说话这件事依然让梓没来由地觉得高兴。不，这谈不上高兴，不过梓确实因此有种奇妙的充实感。

当一辉采取离家出走这种强硬手段时，梓发现用于作曲的整套电脑设备都从工作室消失了。她感觉身体里一片冰冷，仿佛被泼了冷水，失去了体温，接着又转向另一个极端，血冲上脑门，于是她把堆在桌上的乐谱、书一股脑儿地推到地上，地面一片狼藉。

这是梓自出生以来第一次产生不管不顾地破坏东西的冲动，她感觉身体里的什么东西就在此时破碎了。

看着散落在地的物品，她的眼里泛起泪水，理智回笼。她边哭边捡起地上的东西，重新规整好，桌面恢复如前。

今后怎么办呢？梓怎么都无法相信一辉是真的想和自己离婚。不，应该说她一直无法接受这个事实，一想到这里她的心脏就剧烈跳动。

对一辉太过随心所欲的情感的恨与明白他说的话有正确之处的理性交织争斗，她双手放到桌上，缓缓吸气，努力让自己平静。还是无法理解，梓想。

她心神恍惚地走进厨房，打开冰箱，拿出离手头最近的生菜，机械地拆开覆在外面的胶膜包装，缓缓剥下菜叶。她把大片的菜叶切碎，沙沙的切菜声响起。梓一边切菜，一边喃喃自语"已经结了婚，就不能再喜欢别的女人"，突然心头火起。

"既然要喜欢别的女人，就别结婚啊！""不对，就是因为觉得自己不会喜欢别的女人，所以才结婚的，不是吗？喜欢别人就是不对。""既然要喜欢别的女人，就别结婚啊！不对，就是因为觉得自己不会喜欢别的女人，所以才结婚的，不是吗？"

梓在大脑里没完没了地循环回放这三段话。

不知循环了多久，等她回过神的时候，水池里都是凌乱的生菜碎，如同爱的残骸。

梓无论如何都想见一辉一面。她心中的一角还藏着只要见面后好好聊聊，就不会走到离婚这步的想法。她怀着这样的想法给一辉打了电话，电话里传来"您所拨打的电话已关机"的女声提示。重复拨打的过程中，梓渐渐感觉到自己的可怜，却想起一辉明天要去电视台录节目。

第二天，梓在电视台大楼的便门门口蹲守一辉。她光明正大地对保安说自己在等人，还说出了制作人和导演的名字，取得了对方的信任。她不想干等在这里，可一辉连电话也不接，她别无他法。

一辉根本没想到梓会出现在这里，因此，在结束工作一个人走出电视台大楼的时候，径直就从坐在入口处沙发上的梓面前走了过去。一辉刚坐上出租车，梓立马就搭上了另一辆出租车，让司机跟着前面的车走。尽管略惊讶于自己会做出跟踪这种事，梓还是做了。她感到现实变得极为不真实，视野里仿佛蒙上了一层雾，一切都逐渐离自己远去。

出租车跑了大概三十分钟后停下了，梓慌慌张张地下了车。一辉走进一栋砖砌公寓，梓也跟了上去，却被密码拦在门外。保安室的窗户合上了窗帘，估计是因为已经过了晚上十点吧。梓神情恍惚地站在公寓大门外，不抱希望地等一辉出来，她决定只给自己一个小时的等待时间。

拜河野理比人所赐，梓苦涩地回忆起十五年前的时光。当时她憧憬已久的一辉初次邀请她去了音乐会，那场音乐会也是弦乐四重奏，主题叫"灰"。在灰色沙尘暴肆虐的世界，她的头发蒙上了粗粝的砂石。不成调性的不谐和音久久不散，苦闷感散了又来，来了又散。梓觉得那首曲子很美。如同曲子一般，那天与她交谈的一辉坦诚以待，眼眸澄澈见底，映出他的真心。

　　一辉问梓是不是喜欢黑色，梓答了"是"，一辉便夸她很适合黑色。梓仿佛找到了宝藏一般开心地笑，心一直怦怦直跳。梓心想："我想让你认可我、喜欢上我，毕竟我都已经这么喜欢你了，我根本藏不住自己的心思。"梓等了三年，她抑制不住地想要告诉一辉，因为一辉的曲子，自己在那三年里是多么幸福。

　　"那晚的你就像天使一样。"

　　两人刚开始交往，一辉就不好意思地说出了这句话。

　　他还说"没有人能像你一样这么了解我的曲子"。

　　理解为何会倒向爱呢?

　　梓目不转睛地盯着入口处的玻璃门，思索着。

　　理解他人并非易事。别的不说，理解他人本就没有多大必要。然而，为了避免工作、家庭生活、人际关系上的摩擦，人们别无他法，必须熟悉周围人的行为与反应模式。这是生活中的麻烦之一，但凡在社会上生活，任何人都回避不了这个麻烦。

　　不过，在处理这桩麻烦事的过程中，人们有时会萌生兴趣——这个人为什么会和我如此不同，又或是这个人为什么会和我如此相似。一旦产生兴趣，流露好奇，对方也会不可思议地给予反应。人类似乎只有得到他人的关注才会真实存在。

　　因此，在被关注，进而被理解后，人们大概就会觉得自己遇到了奇迹。然而，理解不一定通向爱，有时也会通向嫌恶。

　　"没有人能像你一样这么了解我的曲子"，这句话一辉确确实实说过。

如果说梓所理解的并非一辉其人，而仅仅是他创作的曲子，那么一辉究竟理解了梓的什么呢？

这时，一辉现身了，身边还有个女人。女人娇小，穿的卫衣搭破洞牛仔裤，脚下是轻便的运动鞋。看到他们两个牵着手开心地笑，梓怒火中烧。

"手放开，真是看不过眼。"

梓冷不防地怒骂出声，一辉和那个女人条件反射性地松开手，停下脚步。看到站在面前的梓，一辉瞪大双眼："你怎么会在这里？"

"这句话我原样奉还给你。要是被周刊杂志报道了，你打算怎么办？"

梓脱口说出了自己根本没想过的话。说出口后她才意识到，如果引发了流言蜚语，一辉的广告就会被封杀。广告合约保护着她妻子的位置，想到这里，她觉得自己很可悲，以至于几乎要哭出来。

那个女人畏缩地藏在一辉背后。

"你打算付违约金吗？"

提什么不好，偏偏要提违约金，梓讶异于自己竟然会说出这种话。与此同时，她心里发寒，实实在在地感觉到自己离爱越来越远。四周静谧无声，梓的声音因而清晰地留在空气中。对梓的骤然出现最感惊讶的是一辉，然后是梓自己。梓感到害怕，相遇之初根本没有想过的这种局面最终把她自己变成了令人讨厌的女人。她闭上眼，有种想就地消失不见的冲动。

"哎呀，那个女人脑袋有毛病吧。"

一来就扎进沙发，嘴里开始抱怨的筱崎夏芽是饭田百合子的哥哥筱崎正吾的独生女。夏芽五岁时，正吾丧妻，自那以后正吾便独自将女儿抚养长大。夏芽与百合子的女儿香奈同岁，关系要好，经常来他们家玩，把百合子当妈妈一样敬爱。百合子也一样，也把夏芽当成自己的女儿来看待。

"你说谁啊？"

把夏芽买来的布丁放到托盘上，连同咖啡一起端过来的百合子开口问道。

"我男朋友的老婆。"

"什么？等等，老婆，你是在和已婚人士交往吗？"

夏芽大力挠着露在破洞牛仔裤外面的膝盖，边挠边回："嗯，是。"接着，又抱怨说："什么嘛，真讨厌，公寓四楼怎么还有蚊子？"

"哎呀，四楼有蚊子不稀奇。先不说这个，那人有老婆，这不就是出轨吗？"

"行了行了，我根本不在意这个。"

"不是，就算你不在意，还有别的很多人在意啊。"百合子叹了口气。

"他和那个女人说自己有喜欢的人了，让那个女人和他离婚，但那个女人只一味地说不要，他就离家出走了。结果呢，那个女人很快就查到他住的地方，找上门来了。应该还买通了管理员，弄到了大堂密码和房门钥匙，擅自闯到房间里去了。绝对进了！我知道，里面的摆设变了一点点。她是从哪里弄到的钥匙呢？"

"什么擅自，人家是他老婆。"

百合子不由自主地插了一句。

"是啊。管理员应该也是听她说她自己是'老婆'，没办法才给的吧？她估计和管理员解释说我是秘书之类的。算了，管理员怎么想的我反正不知道。"

夏芽说完就吃起了布丁。不知穿了多久，已经洗褪色的红色卫衣把夏芽衬得很年轻，而她已经三十岁了。夏芽交往的男人究竟多大呢，百合子想知道。她试探地问："我说，你那个男朋友是做什么的？"夏芽边吃布丁边回答说："作曲家。我估计姑姑你也认识，他和坂东香织一起出演过啤酒广告。"

"呀，那个人，叫什么来着，好像是叫一辉？"

"嗯。影山一辉。"

"天呢，还是个名人。要是被周刊杂志曝光了怎么办啊？"

"哇，姑姑，你和那个女人说的话一模一样。这种事没什么大不了的。"

"没什么大不了的，你啊……"百合子没再继续说下去。她用手机搜索影山一辉，上面说他出生于 1970 年。"天啊，都五十岁了啊。"她不由得脱口而出。夏芽叹了口气，说："我也已经三十岁了。"

百合子之前没听夏芽讲过和哪个男生交往的事，她有恋爱经验吗？夏芽一直都是俗称的"游戏宅"。

"夏芽，你是怎么想的，要和大自己二十岁的已婚男士交往？"

百合子决定单刀直入，作为亲人，她必须问个清楚。

"不知道。他说会和妻子离婚。"

"那就等他离婚再说，怎么样？"

"不要。我可不想输给那个女人。她趁老师不在的时候擅自闯进来，这里动一点，那里动一点，真是过分。把洗手液瓶子转个方向，冰箱里的牛奶倒掉一半。还有昨天，把吐司面包压扁了。简直不敢相信，太恐怖了。"

"看来是气坏了。"百合子嘟囔完，继续看手机搜索出来的页面。配偶：影山梓，音乐评论家、随笔作家，四十岁。"事情麻烦了。"百合子叹了口气。夏芽便说："我爸特别生气，说绝不允许我和他在一起。"

"你爸知道了？"

"嗯。他搭车送我回家，下车的时候我和他接吻，碰巧被我爸看到了，我只能坦白一切。"

"你爸受了很大刺激吧？"

"我说，我都已经三十岁了，再不赶紧谈恋爱就要变成老太婆了。都说到这个份上了，他还是蛮不讲理，说他绝不同意。"

"那可是出轨啊。"

"别老把出轨挂在嘴上。只是我喜欢的人碰巧有老婆罢了。"

夏芽声音很大，把百合子吓了一跳。她看着夏芽，发现夏芽满眼泪水，不由得心生怜惜，放缓声音说："好了，好了。我不说了，那你们是怎么认识的呢？"孩子们都是从小受呵护长大的，遇到事情就容易害怕——百合子想起田中说的话，心想，夏芽之前估计也没被父亲这么说过。

听到百合子的轻言细语，夏芽擦干眼泪，说："我们是命中注定的一对。"她讲起了两人的故事。

两人是从今年才开始交往的，不过早在前年他们便已相识。夏芽所在的 X 公司请影山一辉为他们开发的游戏《魔法师帕尔的徒弟》创作音乐，他们就是在那个时候认识了对方。

X 公司于 2010 年发行了《魔法师帕尔》，大获成功。续集《魔法师帕尔的徒弟》继续沿用了一辉之前创作的主题曲，新角色和城镇界面的背景音乐需要创作新曲，他们再次委托了一辉。为了让已经名气大涨的一辉接下委托，X 公司开出的酬劳是上次的三倍，谈成了合作。当时与他协商的是公司社长和高管，不过带着用作展示的游戏机和动画小样，以及八年前的游戏陪同前去的是游戏制作团队的老大和夏芽。

夏芽高中毕业后上了计算机专科学校学习游戏编程，然后进了 X 公司。她是个游戏迷，很爱《魔法师帕尔》这款游戏，简直可以称得上《魔法师帕尔》的死宅粉，面试时还滔滔不绝地聊了这款游戏。由于很宅却又具备社交能力，她幸运地被 X 公司录取。正因如此，夏芽对续作《魔法师帕尔的徒弟》倾注了极大的热情，这在公司里算得上数一数二。公司叮嘱她，影山一辉是有名的作曲家，在他面前要多加注意。然而在展示小样的过程中，她完全忘了叮嘱，就像和朋友聊天一般热切地讲述游戏如何有意思，把当时在场的上司弄得惊慌失措。

不过一辉似乎挺喜欢听夏芽讲这些，提出想请她一起参加后续的细节讨论。

"'总之，帕尔是我最喜欢的游戏，主题曲我也喜欢。不过呢，练习魔法时的背景音乐，真是太……该怎么说呢？太不可思议，太可爱了。虽然魔法练习是我在整个游戏里最需要忍耐的环节，但是完全不觉得难受，因为老师您的音乐太棒了。'我就这么极力劝说，于是老师特别高兴，说自己还是第一次听到游戏玩家的感想。于是我就问他，'老师，你没玩过这款游戏吗？'他说他自己不会玩。那也太可惜了，于是我就带着游戏机过去教他玩，结果他就陷进去了，真是太可爱了。"

百合子听着夏芽的讲述，惊讶于夏芽从未有过的可爱模样。游戏宅夏芽对时尚、美容之类的毫无兴趣，总是顶着乱蓬蓬的娃娃头，穿卫衣搭破洞牛仔裤。百合子一再劝她多打扮打扮自己，但她总说不明白打扮精致有什么意义。然而现在，她穿的衣服虽然没怎么变，但头发梳得比以前整齐，嘴上还涂了唇彩。

恋爱真有意思啊，百合子想。她想象着那个作曲家手拿游戏机的样子，可能还真挺可爱的。他大概进入了崭新的世界，对一切都感到新奇吧。如果仅仅如此，那他们之间就不是爱。百合子过度沉浸在种种思绪中，都没能集中精神听兴冲冲的夏芽在讲什么。恋爱本就不是单听其中一方的话就能了解实情的。

"老师可厉害了。我给他听其他公司爆款游戏里有名的主题曲，他都能分析出来哪个是莫扎特风格，哪个是巴赫风格，还给我听相似的曲子。他给我弹琴，告诉我怎么编曲，出来的曲子会是什么样的。真的就像魔法一样，我夸他厉害，给他鼓掌。他就带点得意的样子，说'我毕竟也是个作曲家哦'。真的很可爱，我很崇拜他！那个女人肯定不懂老师的厉害，绝对是这样。"

"夏芽，你听古典音乐吗？"百合子忍不住问。

夏芽噘起嘴："我喜欢贝多芬的《第九交响曲》。"

"我说喜欢《第九交响曲》，老师就笑眯眯地说《第九交响曲》确实不错，很了不起，还给我讲了很多贝多芬的故事，震撼到我了。姑姑，你知道吗？贝多芬创作《第九交响曲》的时候，耳朵已经听不到声音了呢！所以他直到去世都没听过自己完成的曲子演奏出来会是什么样子。是不是很厉害？就像电视里演的一样。我说，我只知道《欢乐颂》那个部分，第一乐章的开头很好，似乎接下来就要发生什么了不起的事情了，让人感觉神秘、兴奋。老师就开心地说，这首曲子到现在也一点都不过时。老师创作的曲子里面，要说名气大的，应该就是《我们无法实现的梦想》里面的那首《不知何时看到的天空》了吧。但实际上他还创作了很多古典音乐，我听了CD，全是我理解不了、感觉很难懂的曲子。我说这些也很厉害，老师就问我，为什么难懂还觉得厉害？我回答说，我要积累更多经验，懂的多了以后，应该就能理解这些作品了，毕竟老师的曲子等级太高了。老师听了，好像有点眼角发热，说还是第一次听到有人对他说这样的话，看着可怜兮兮的。说实在的，那个女人真的什么都不懂。"

夏芽说的话，百合子只听懂了一半。但不管怎么样，夏芽称赞影山一辉，影山一辉很开心这层意思百合子还是听懂了。

"那个老师很厉害，这我明白了。那你呢，你对他感兴趣吗？"要是不感兴趣，那他们两个就是粉丝和明星的关系，百合子想到这里，试探着问了一句。

"有啊。"

"嗯，是怎么个感兴趣法呢？"

百合子出于纯粹的好奇反问回去，夏芽目光晶亮地讲述起来。

"他对电脑一窍不通。明明有专门用来作曲的高级软件，看我用提供给初学者的免费音乐软件创作简单的曲子，眼睛还闪闪发亮的。"

百合子想，他是觉得新玩具很稀奇。

"之前还说不喜欢电脑制作的音乐，这下却完全入了迷。现在正在挑战用那个迷你软件能做到什么程度，是不是很可爱？不过啊，作曲家就是作曲家，他很快就找到了用软件能做到的极限，对它不屑一顾。一边不屑，一边又那么努力，真是可爱到极点了。"

"可爱吗？"百合子听到一半就腻了，插了句话进来。

"嗯。明明已经混出了名堂，却又不世故，不知道就承认不知道，然后来问你。现在这样的人太少见了，全都是当场不懂装懂，私下再偷偷拿手机查的家伙。"

看来他们夫妻之间没能坦诚相待啊，肯定是这样，百合子继续她的推理。

"话说，老师每天忙着作曲。我呢，就给他听各种游戏音乐啦，日本流行乐啦，说他的曲子和哪个比较像。他就真的特别不甘心，最后放出古典音乐，强调古典音乐才是最先出来的。我回他说，'阿辉就是在抄袭嘛。'他就开始讲，'我这首更有激情，完全不一样。'你看，是不是很可爱？"

称呼陡然从"老师"变成了"阿辉"，百合子笑着说："哎呀，我没看出来哪里可爱。"不过听起来还是令人莞尔。

"夏芽，除了音乐，你们还聊其他什么吗？"

"其他的？"

"是啊，你们不会一天到晚只聊作曲的事吧？"

"嗯，基本上就是这样。"

"啊！你们基本上只聊作曲吗？"

"因为作曲很深奥，很有意思嘛。"

百合子觉得，他感兴趣的就是音乐，而不是夏芽。

"你这不是为了讨他喜欢而勉强自己吗？"

"哪有勉强？阿辉很可爱啊。"

三十岁的女人和五十岁的男人不可能只聊音乐。他们会拥抱、接吻、做爱。想到这里，百合子突然感觉夏芽像变了个人似的。她不是孩子，而是成年人，并且还是个女人。夏芽理所当然可以做这些，但百合子一时之间还无法接受。我这个当姑姑的尚且如此，她的父亲正吾有多激动也就不难想象了。唉，可怜的哥哥。百合子想到这些叹了口气。

"什么嘛，姑姑，你叹什么气？为什么要叹气呢？我很幸福啦。你看，我是不是很幸福？"

夏芽笑容满面，洋溢着浓浓的幸福感，甚至感染了百合子。

蔬菜贵了不少。

百合子在超市里拿起萝卜，苦恼了片刻。丈夫退休后，每个月就没了工资收入。她知道退休后就是这样，但这样的现实真的让人感到害怕。

压力逐月递增，一想到还有五年才能拿养老金，百合子不知道自己能不能坚持到那个时候。

百合子生来就是个乐天派。即便是在泡沫经济崩溃，担心丈夫会被公司解雇的时候，她也能笑着安慰自己船到桥头自然直，总会有办法的。但此刻，百合子实实在在地意识到，那时的他们还很年轻。年轻就意味着有工作机会，上了年纪就挣不到钱了。她近来常想，自己也该去找份活儿干。

百合子没买萝卜，也放弃了牛肉，把产自巴西的鸡肉放进购物篮里。在工作这一点上，香奈就很靠谱。她找到了可以干一辈子的工作，正在为自给自足而努力，可百合子又想：人是为了工作而生存，还是为了生存而工作呢？

买完东西回到家，丈夫秀人坐在沙发上，正往笔记本上写着什么。

"在写什么？"

"没什么，就是把自己想到的记录下来。"

"是吗？"

"反正没事做。"

"要不找份工作？"

"不要。"

这样的对话半年来已重复了不知多少次。百合子放下环保袋，坐到秀人旁边："我问你啊，人究竟是为了工作而生存，还是为了生存而工作呢？"

"怎么了，碰到什么事了吗？"

"买不起萝卜啦，涨价了。反正又不是非吃不可。"

"萝卜？"

“牛肉也没买。”

“牛肉？”

“工资真是个好东西啊。”

“不是有退休金嘛。”

“每个月都在降啊。”

“钱就是拿来花的。”

“人果然是为了生存而工作喽。”

“是啊。”

“可说到底，什么是生存呢？”

“你怎么了，是想和我离婚吗？”

“我没这么说啊。”

“你一说‘说到底’这个词语，我就心惊胆战，不知道你会说出什么话来。”

“哼！”百合子被扫了兴致，站起身来，“哥哥特别严肃地要求夏芽分手。”

“他们见面了？”

话题转变，秀人松了口气。

“嗯。他刚刚跑到夏芽公司附近来了。不过想让他们分手可没那么简单。”

“夏芽不回家吗？”

“和她爸吵完架就没回家了。那个男的也离家出走了，他们能坚持到什么地步呢？”

"名人应该不能太随心所欲吧？"

"要是这样就好了，但他是艺术家，艺术家会怎么做呢？"

百合子想起正吾痛恨至极的可怕表情，叹了口气。真是的，香奈也好，夏芽也好，为什么就不能平平淡淡地嫁人成家呢，这也是时代的错吗？她摇摇头，把鸡肉放进冰箱。

说到底，生存到底是什么呢？

百合子泡在浴池里思考着。

自打出生以来，她从没想过人为什么活着这个问题。百合子揪着大臂上早已松弛的赘肉，心想：为什么而活是闲人思考的问题。为什么活着就得花钱呢？她感觉这些事再怎么想也是徒劳无功。

这世道真是不可思议啊！从呱呱坠地，冠上姓名的那一刻起，人生就开始了减法运算。没有土地的人得从场地费开始支付。未成年时期有监护人代劳，但长大成人以后就必须归还积累的债务，没有退路可言。

这就是做人费，百合子想。为了让外界认可自己为"人"，我们从国家那里取得身份，相应地就要为此付钱。想在日本这样安全的国家里生活，就必须积累相应的金钱。不过，钱究竟付给了谁呢？

"嗯。"百合子上下捏着下腹的赘肉，揉了起来。田中说，这样能减掉的赘肉是捏出来的三倍，虽然百合子还是没太弄明白什么意思。田中说，横着捏不行，必须竖着上下捏。田中身材很好，她既然这么说了，百合子也就信了，并一直在坚持做这件事。

百合子想了解国家的概念，但尝试着思考后才发现，根本不用想，她就是不太懂国家是什么。日本人聚居的地方？可日本人是先属于日本，而后才因此成为日本人，日本并不是一开始就有。现在存在国界，那国界是谁定的呢？说到底，土地是谁的所有物呢？地球归谁所有呢……啊，啊，啊，别想了，别想了，自己想不了这种问题。

百合子紧紧地捏起肚子两边的肉，猛地离开水面，迈出浴池。她穿上宽大的长袍，立刻径直走向冰箱，拿出冰凉的罐装啤酒，拉开拉环，咕嘟就是一大口。

"哇，好喝。"百合子自言自语了一句。

躺在客厅沙发上的香奈便挖苦她说："妈妈，你不是在减肥吗？"

"夏芽有没有和你说什么？"

"什么？"

香奈从沙发滚到地上。

"为什么躺在这种地方？"

"我累了，洗澡太费事了。"

"发生什么事了吗？"

"唉，真羡慕夏芽啊。"香奈看着天花板说。

"羡慕她什么？"

"要继续这么发展下去，她就攀上高枝了啊。影山一辉那么能赚钱。名人啊！名人！"

"作曲家收入很高吗？"

"他已经是明星了啊，在电视台有自己的固定节目，还拍了广告呢！您不知道吧，拍广告的酬劳可高了。夏芽这家伙，之前明明是个看都不看男人一眼的宅女。这下干得漂亮，一辈子衣食无忧了。"

"我看悬啊。出轨一次的男人有可能还会出第二次轨。"

"会吗？"

"会啊。"

"可你想想啊，那个男的都五十岁了，已经很大年纪了，还会出轨吗？"

"你不明白。"百合子苦笑，"你的父亲五十二岁也出轨了"——她差点就要说漏嘴，连忙把柿种花生混合零食丢到嘴里。这件事她想忘却忘不掉，直到现在一想起来还火冒三丈，但得亏是"老年人"啊，不至于想要动手了。

"在笑什么？"

"哎哟，夏芽称呼那位老爷爷'阿辉'，说他'可爱'。"

"阿辉？"

"嗯。"

"为什么叫阿辉呢？不该是一辉吗？"

"我哪知道？"

"他们平时究竟聊些什么呢？"

"说是聊作曲的事。"

"哦，"香奈喃喃自语，"我和水野刚开始交往的时候，也很兴奋地聊过垃圾。"

"为什么？"百合子问。

"嗯？"

"为什么聊垃圾的话题？"

"因为好玩。"

"现在呢？"

"已经厌倦了。"

"那就分手，再找别人。"

"哎呀——太麻烦了。"

麻烦。选中一个人，然后一直爱那个人确实很麻烦，百合子想。结婚、生育、做家务、拉扯孩子，尽是麻烦事。即便如此，自己还是坚持下来了，因为早把这些当成理所应当要做的事。因为自己觉得大多数人都是这么过来的，以为幸福就存在其中。

香奈把其中的麻烦与似乎可以得到的幸福摆在天平上衡量，然后认定两者并没有达到平衡。

活着就得花钱，这个孩子们从一开始就知道。电视和网络一遍又一遍告诉他们，仅仅生活下去已经是一件艰难的事情。在如今这个处处都要计算得失的世界，他们没有办法，必须掂量清楚，不加考虑就做出决定，比如结婚，将会带来多么大的风险。

"是我们把他们变成了这样。"百合子想，"是我们这些大人，精心将他们抚养长大，尽力让他们避开挫折，不受伤害。可是，一遍又一遍叮嘱他们这个世界并非乐园，真的是为了他们好吗？难道不是我们自己面临的现实不尽如人意，出于怨恨说出的悔恨，不，诅咒吗？"

百合子发现自己在无意识地比较香奈的男友水野拓真与夏芽的恋人影山一辉，不由感到愧疚。她特别理解香奈说出"夏芽这家伙，干得漂亮"这句话的心情。结婚是一场赌博，甚至有可能让一个人摆脱自己身处的环境。事到如今，百合子真正意识到了围绕条件优越的人展开的竞争，更震惊于女儿在这方面的无师自通。

第三章

最美的年华，

我做了什么？

尽管厌烦一辉，但在得知他被别人抢走后，梓的怒气源源不断地上涌，更别说抢走他的还是那种女人。那种穿破破烂烂的牛仔裤、脏兮兮卫衣的女人，一辉究竟喜欢她哪里呢？梓每天都想着这件事。每次同往常一般冲好一杯咖啡，便会突然想起来，现在喝咖啡的人已经不在了，随即神情恍惚地呆立在原地。那个女人肯定拥有我失去的东西，她想。究竟是什么呢？年轻？内涵？总不会是家务能力吧。究竟是什么呢？

　　梓没心思做任何事，不知不觉来到一辉租住的公寓。一辉在家的时候，门上挂了锁链，她进不去。不过一辉不在时，她会用备用钥匙开门进去。梓抑制不住进门的冲动，她无论如何都想知道里面究竟发生过什么。

　　第二次过来的时候，她给管理员送了茶点，说自己忘带钥匙了，能不能让她进门，管理员轻易就信了，并给她开了门。和她自己住的公寓一样，备用钥匙随意放在玄关鞋柜上的空马克杯里。看到钥匙，梓不禁有了再去配一把备用的主意。我是他妻子，这有什么问题呢，梓想。然后她就真的配了一把。

　　进了房间，梓细细检查每个角落，一发现不属于一辉或是不像一辉会买的东西时，她都要强忍住一个个推翻或者打碎的冲动。洗手液、马克杯、水壶、牙刷、彩色圆珠笔、纸笺、唇膏……每去一次，小物件就会增多，它们都成了梓的伤痕。

今天，梓在洗脸池边看到了印有泰迪熊图案的毛巾。

怎么看都该是那个女人拿过来的东西，毕竟一辉可不喜欢泰迪熊。以前他们一起逛商场的时候，梓看到毛绒熊玩具，拿起来夸它可爱，一辉还冷淡地问："你是幼儿园的孩子吗？"听一辉这么说，梓就知道他不喜欢熊，自此就从自己的生活中删除了泰迪熊。

像这样删除的东西有多少呢？

为喜欢的人做出改变不是理所应当的吗？如果固执己见的话，事情就会没完没了，梓想着想着，泪水不由得夺眶而出。她觉得那条毛巾告诉她，什么熊不熊的，根本没那么重要。也许泰迪熊确实没什么大不了的。但那个女人把它带进了她和一辉之间，而一辉容许了这件事。因为他爱那个女人吗？

梓没有想到，被迫得知一辉的爱给了除自己以外的另一个人竟然会让她这么痛苦。

她轻轻抚摸着毛巾。

她想起十四年前，自己给一辉黑白的生活带去的一个个彩色物件。她尽心照顾一辉，想的都是不要妨碍他，不要破坏他的音乐，因为她不想伤害一辉的世界。因此，她连衣服都一直穿的素色。

梓醒悟过来，不，一辉不是那种会把自己的喜好强加于人的人，是我自以为是，先行做出了改变。她所思所想都是怎么才能不被一辉讨厌，她自己究竟在害怕什么呢？初遇之时，看到一辉眼里映出了自己就觉得开心。她眼里的一辉，他的一切都是那么可爱。那个女人让梓想起了早已遗忘的过去，犹如经历了一场拷问。

梓抬起手背擦拭泪水，晕开的睫毛膏像涂鸦一样，弄脏了皮肤。她对着洗脸池上的镜子，从包里拿出纸巾整理被泪水盈湿的眼角，对自己说："冷静，又不是世界毁灭。"洗衣机盖子没关，她忽然看到了丢在里面的胸罩。看到这件像是高中生穿的，不带任何装饰的针织运动胸罩，梓这会儿终于知道一辉和那个女人已经睡到一起了，她又一次哭了出来。

行了，别哭了，像个怨妇一样。梓擦干眼泪，抽抽鼻子，做出了决定。"该去上班了。"她嘟囔着，走出了房间。

"你的眼神好呆滞啊！"

河野理比人目不转睛的视线盯得梓一下子感到不好意思。

"不好意思，可以再说一遍吗？"梓说着，调整了下姿势。

由于传染病大流行，各个场所都采取了避免密闭、密集、密接的措施，根本找不到可以坐下来聊天的地方，梓便在编辑部的会议室里采访河野理比人。她准备写一篇介绍新锐作曲家的文章。

"再说一遍吗？行。初二的时候我第一次听到影山一辉的《水泥海洋》，特别好奇，就去搜了影山一辉。网上说他毕业于东京艺术大学作曲系，我就想，那我也去上东京艺术大学吧。"

"这样吗？"梓看了一眼理比人。理比人在笑，细长的眼睛像孩子一样亮晶晶的，脸真小。

"很意外吗？"

"没有，就是觉得有点不可思议。"

"哦，我还以为你会说'果然是这样'。"

"咦，为什么呢？"

"因为我和你这家伙很像。"

梓还是头一次被采访对象称呼为"你这家伙"。她微微有些生气地问："什么意思？"

"就那个意思啊。我们都对那个人怀着憧憬，由此决定了自己的人生。"

"确实。"梓喃喃自语，眼里不由得蓄起泪水。

"怎么了？为什么要哭？"

看着慌乱的理比人，梓道歉说："不好意思，最近情绪不太稳定。"

"是遇到什么不如意的事了吧。我懂。我就没办法把那个创作了《水泥海洋》的人和现在的他联系在一起。不都是同一个人吗？"

"不好说。"

"什么不好说，肯定都是一个人啊，你在说什么啊？"

"是啊。"梓回答道，仿佛头一次发现确实如此。

"你的目标是什么？"梓转移了话题。

"嗯，进入主流？"

"主流？"

"你很失望吗？我没想接电视广告，放心吧。我说的主流也有很多种。你知道吗？几年前呢，柏林爱乐乐团在森林剧场音乐会上演奏了《星球大战》的主题曲。你看视频就能感受到现场的轰动，听众都沸腾了。最好的演奏家就在你面前演奏大众熟知的绝佳音乐，简直棒呆了。我觉得这就是主流。你呢？"

"真好。"梓露出一点点笑。

"是吧。我觉得音乐会流逝，就算像拍视频那样保存下某个瞬间也根本没有意义。衡量音乐价值的标准就是看它能让人们度过怎样难能可贵的时光。"

"确实如此。"梓说，眼前这个年轻人的语气逐渐变得认真，他的热情吸引了梓。

"不过，怎样才算难能可贵？每个人的想法都不一样。这就是问题的关键。去年，BABBLE GARDEN 乐队举办线上 live，各个年龄段的人都参加了聊天互动，气氛很热烈。他们沉寂了十年，这十年间，年轻的粉丝还在不断增加，他们真的就是单纯靠音乐。现在这个时代，所有艺人都在每天更新社交网络动态，想方设法地吸引粉丝，他们能在这种环境下做到这点，是不是很厉害？作曲家只能如此。就连贝多芬，在创作出《第九交响曲》后唯一能做的也只是等待曲子被广泛传播。"

"不对，他在初次演出前四处奔走，还做了宣传活动呢。"

"我知道。可他没多久就去世了。《第九交响曲》在他死后才真正大受欢迎。音乐这东西很有意思。它和作曲家的名望无关，听众会在听到的那一刻做出自己的评价。他们的评价会越攒越多。曲目的数量不断增加，但人们能花在听上的时间是有限的，淘汰便应运而生。没人听的曲子渐渐被人遗忘，消失不见，之前都是这样，但今后不一样了。世界是个巨大的数据银行。专业人士也好，业余爱好者也好，只要传到网上的曲子，任何人都能在任何时候听到。现在这个时代就是如此，你明白吗？"

"哦。"梓不置可否地点点头。

"所以呢？"

"所以就没必要再像之前那样追求成名，发行 CD。即便在这个时代没有出人头地，未来的人还是有可能挖掘出你的作品。曲子上传以后，剩下的就只有等待。曲子有吸引力就会有人听，毕竟现代人都像得了强迫症一样追寻着音乐。人们找到了自己追寻的音乐，就会想听现场。

"你想表达什么呢？"

"我想说的就是，对音乐家来说，最好的时代已经来临。"

"说真的，你为什么想当作曲家呢？"

虚无缥缈的话语听得梓稍感焦躁，她试着转移话题。

"我没找到自己想听的曲子，就想自己创作。"

理比人给出了无可奈何却新鲜的回答。

"从现在开始，我要创作不受什么古典、流行、爵士、民族音乐的条条框框限制的作品。流派什么的其实根本没有意义。这是个听众自行决定音乐清单的时代。你觉得《第九交响曲》的第三乐章有必要吗？"

"嗯？"突如其来的问题弄得梓措手不及。

"在音源网站上搜《第九交响曲》会出来很多结果，最有人气的是第四乐章，人们不必忍着从开头听起，可以直接播放第四乐章。这么看，第三乐章确实没有人气。演奏会上也有人会在演奏第三乐章的时候睡着。第三乐章或许会在不远的将来被人们移除出去。"

"怎么会？"

梓话音刚落，理比人就回道："你知道吧？第一次公演很多时候都不会演奏完整版。"

"嗯。可贝多芬会怎么想呢？"

"没人在意作曲家的想法。大众可是很残酷的，你懂吧？想想影山一辉上电视以后，大众看待他的眼光是怎么变的，又是怎么让他发生了改变的。话说回来，《水泥海洋》没有大爆啊。"

他是想说我的计划落空了吧？梓突然领悟到这点，脸通红。

"说实话，我调查完影山一辉的履历后，学到了一些东西。他教会了我，不知名的作曲家怎样做才能出人头地。不过，并不是所有置身同样环境的人都能成功，从这个意义上讲，他应该还是挺有能力的。"

这些话进到梓的耳朵里，全都像是难听的讽刺。但这只是才华横溢的年轻人直来直去地表达自己的想法，为了以平常心应对，梓的精神已经绷到极限。

"你说的我也不是不能理解，但世道没那么简单。"

"你的耳朵应该已经记住了我的曲子。"

"你想说什么？"

"通往成功的路出现了，这就是第一步。"

"别取笑我了。"

"这可不是取笑。进藤宽太、水上加代、堂本辉、山胁翼，他们都是在默默无闻时被你发现，后来取得了成功。虽然他们的成功和影山一辉不一样，但也都写出了不错的曲子。"

"他们都有才华啊。"

"我也有吗？"

"嗯，我觉得有。"

"你觉得我得怎么做才能成为主流呢？"

"你是想以我的意见为参考吗？"

"有何不可呢？我想让你帮我运作。"

理比人的语气格外认真，梓瞬间失语。理比人的野心不加掩饰，梓探究地盯着他的眼睛，突然想：一辉是否也曾有过野心呢？梓相信自己能够用语言表达出一辉作品的优秀之处，因此插手一辉的工作。她陪着一辉一起去参加讨论会，有时还会大力推介一辉。一辉看起来并不讨厌她的做法，她于是燃起了强大的使命感，但说真的，她对一辉的事业有帮助吗？

"作曲的不是我。"梓嘟囔了一句。

理比人笑着说："这我当然知道啊。"

"你当我经纪人的时候可不要忘记啊，作曲的不是你，行吗？"

梓看向理比人浮起天真狡黠之色的脸。

"我不会像某人那样忘恩负义。教教我吧，教我怎么叩开世界的大门。"一字一句掷地有声地在梓心间回响。

都是听了那支曲子的缘故，梓想。她听到那支曲子时受到的冲击不逊于第一次听到一辉音乐的时候。D短调打头，每半音升阶一次的时候，她的心都怦怦直跳。繁杂堆叠的音符不时松散开来，滑溜溜地伸出臂膀抱起听众，这股与《呼吸》主题相合的气势，以及音乐里独特的暖意莫名吸引了梓。自那以后，她耳边始终萦绕着理比人创作的那支曲子。梓确信，这个男孩绝非一般人，因此，她想弄清楚他在想些什么。

梓结束采访，约好了下次见面的时间。因为理比人，她稍微恢复了理智，去了许久没去的银座，想借此阻止自己再去一辉的公寓。她感觉要是在喜欢的店里买点新银饰，自己的心情就会转好。

梓搭地铁去了银座。路上她忽然想到，这些口罩掩面，从自己身边走过的人当中，有多少人背叛了他们的伴侣。她试图安慰自己，遭遇背叛的人并不是只有自己一个，然而却没起到多大作用。而除了一辉以外，还有很多男人背叛了伴侣的想法，反倒进一步加大了她对全体男性的憎恶。

往日挤满中国游客的银座，此刻不知为何静悄悄的，她走到背街的路上以后，人影也变得稀稀拉拉。梓常去的店离主路隔了差不多两个街区。她对站在门口的男店员点点头，上了二楼。她细致地逐个欣赏陈列柜里的饰品，内心渐渐放空。接着，她看到一只手镯，用链子穿起的小框上刻了小刀形状的浮雕。小刀正是她心情的写照。店员劝她戴上看看。梓戴上手镯，一股冷意缠上手腕，重量正合适。

梓之所以会被这个品牌的饰品吸引，是因为第一次看到它们的时候，她就感受到了一股不可思议的力量。这个品牌仿佛在向她宣称：我是独一无二的，你戴上我，就会变成特别的那个人，与众不同。她后来了解到，这个品牌的产品全都是由手工制作而成，产量极其有限。她从这些戒指、手镯上感受到艺术作品的气息，未必就是自己的错觉。她喜欢人类这种固执追求着什么，从无中创造出有的才华。那只手镯在向梓诉说：带我走吧，我会赋予你力量。

回过神来的时候，她的嘴巴已经自行说出了"这个我要了，我直接戴着走"。她拿出银行卡，选择了全款购买。这是从一辉账户上扣费的家庭卡。让他付钱，孩子气的报复，梓无法抑止地逐渐变成了讨人厌的女人。

"要是离了婚，这张卡就用不了了。"梓看着店员拿卡结账，心里如此想。换言之，自己将再也买不起这种东西。不只银饰，现在穿在身上的衣服恐怕也买不起了。刚结婚时，她穿的都是快时尚品牌的单品组合，如今已升级为设计师品牌的全黑穿搭。设计师品牌的衣服也是和银手镯、银戒指一样的艺术品。它们告诉梓：穿上我，昂首挺胸地面对世界吧。这和批量生产的快时尚品牌背道而驰。不只衣服，杯盘、刀叉甚至毛巾，想得到精工细作的产品就得花钱，因此她必须隐忍。

"我不要这样。"梓想。她想起了"落魄"这个词。这就是现实。一旦和丈夫离婚，自己赚的钱就必须用于日常生活所需，而不是银饰，吃、住，还有纳税、健康保险、年金。到底需要多少钱才活得下去呢？自己目前每月收入在十五万日元左右，够用吗？不，不可能够。想到这里，她几乎快被不安碾碎。

结完账，梓直接戴着手镯走出店门。买了个贵重品，本应心情舒畅，可她反而有种自暴自弃的感觉。

她看着工艺精细的手镯，心想："我为什么要收集这些东西呢？"她发现，这只不过是因为生活闲适罢了。没有这些东西日子也能过，就算不买，不拥有它们，人也死不了。她想起一辉说"这就和你的银首饰一样"时的神色。

"那什么才是不可或缺的啊？"梓问自己。她思考起倒退回最基本的生活后会失去的东西：人工制造的美，钱能买到的技能。没有这些人也能活，但如果失去这些散落在生活中的艺术碎片，那和死了又有什么区别呢？疲惫骤然袭来，梓需要一些甜食。虽然没有食欲，但她觉得特别好吃的甜点可以治愈自己，于是去了银座尽头大楼里的咖啡店。

店里客人挺多，梓点了水果馅饼和红茶。她打开笔记本，准备回顾之前的采访内容，紧接着便一点点想起理比人对一辉的评价。她开始变得烦躁，戴上耳机，播放采访录音。

耳机里传出才华横溢、自信满满、天不怕地不怕的年轻人的声音，他才二十一岁。梓羡慕他的年轻。

哑光黑的飘逸衬衫搭配黑色牛仔衣，口罩印的迷彩图案，穿搭也很有魅力。他脑袋里装的肯定都是音乐吧。听他说带他走上作曲道路的引路人是一辉，梓也仅仅觉得是巧合罢了。要是放在以前，她应该会感到自豪。如今，为什么会变成这样呢？

或许是因为时间过去太久了吧。距离她第一次听到一辉的曲子已经过去了十八年。一辉再没写出能够给她带来新一轮感动的曲子，这是横亘在梓心中的一根刺，而理比人看出了这点。

"我不会像某人那样忘恩负义。"

梓从理比人说这句话时的语气中听出了些许同情，她闭上眼睛。

送到桌上的红茶香气钻入鼻腔。十八年真久啊，梓一边想着，一边睁开眼睛。满当当都是水果的馅饼，造型可爱，完全不似梓当下的心情。她拿起叉子猛扎进去，心情舒畅了些许。自己从没想到要谁报恩，要是当时回了这句话就好了，梓想。

"我在期待着什么呢，未来？我是怀着什么期待走进婚姻的呢？我结婚的目的是让一辉出卖名气，赚钱养我吗？不，我的目的是陪在一辉身边，真的只有这个而已……不对，还有别的。"

杧果和吉士酱在口中化开，梓尝不出甜味，却还能通过耳机听到理比人与自己的交谈，她感觉自己似乎触碰到了不可思议的温暖。是理比人希望获得自己的理解，所以认真讲述的缘故吗？崭露头角的年轻人当然想让别人看到自己，对看到自己的人抱有好感也是理所当然。他好奇梓，甚至试着理解梓。

帮帮他也没关系，梓想。尽管她不会因此得到任何好处，但那孩子的才华确实毋庸置疑。梓也说不清楚自己为什么会被打动。她再次想到，就算帮他，自己也一点都没想过要他报恩。可她是从什么时候开始认为一辉忘恩负义的呢？算了，我已经过上了不为钱所困的生活。钱？钱是爱的副产品吗？

车门久久没有关上，就在她犯嘀咕的时候，广播里通知，由于发生交通事故，电车全线延迟运行。乘客稍微有些躁动。梓在座位上叹了口气，闭上了眼睛。她很累，最近都没怎么睡，可一闭上眼，眼前就浮现出一辉那间公寓房的样子。

就像被什么东西附身了一样，一直在钻牛角尖，梓觉得自己可悲，口中不由自主地说出"打起精神"。声音传到耳中，她慌忙睁开眼，还好乘客们都摆弄着手机，没人留意她这边。梓下意识地拿出手机，搜索关于交通事故的新闻报道。新闻快讯十分简短，只说地铁连接的私营铁路线道口发生了货车侧翻事故，影响电车运行。

邻座的男人轻轻"啧"了一声。梓悄悄看过去，男人穿着套装，膝头放了只四四方方的帆布包，手搭在包上，正在看手机。梓猜想他应该是在看同一篇报道，又把视线投向另一侧。一个年轻女孩双手正在打字，长发遮住了她的脸，只看见她飞速跳动的手指。男人起身走上站台，打起了电话。离下班高峰期还有一段时间，不过太阳应该已经快落山了。

这会儿手机上已经可以搜到事故现场的照片。侧翻的货车和之前装载的像是木材一样的货物倒在道口上，阻断了交通。广播响起，说短时间内还无法恢复运行，车内渐渐人声嘈杂。

大家都着急回家啊，梓突然想。所以他们才给家人打电话，通知自己会晚点回家，然而梓却没有可以打过去的对象。

梓盯着手中的手机屏幕，发现自己身边没有看到新闻、担心她坐上了停运的电车、给她发短信询问情况的这样一个人。她突然发现，自己失去了能够让自己发出"别担心"这条消息的人。

究竟是怎么走到如今这一步的呢？

梓心不在焉地看着摆弄手机的人群，漫无目的地寻找答案，无意识地抚摸着手镯。

"还得停好一阵吧。"

听到浜的话，百合子回了句"是啊"。车已经停了有二十分钟了。浜在手机上搜到了现场照片，道口已经被侧翻的货车堵得严严实实，就在她们目的地的上一站。

"停在远不远近不近的地方了。"

"搭出租车的话还是挺远的，幸好坐到了这里。"两人非常闲适。

"急也没用，等吧。对了，我有糖，吃吗？"

百合子从包里拿出拼布工艺的化妆包，打开后递给浜。

"啊，草莓牛奶味，我喜欢，我吃一颗。"

浜说完就拆开包装，把糖丢到嘴里。百合子伸手拿过糖纸，装进包里的塑料小袋里。那是她随身携带的垃圾袋。她自己也吃了块草莓牛奶糖，然后说："把你约出来，结果碰到这种情况，不好意思啊。"今天是香奈首次举办摄影展的日子，两人一起去看了展，现在是在回去的路上。

"说什么呢，又不是你的错。再说我好久都没去银座了，今天还吃到了好吃的豆沙水果凉粉。"

"是啊，我喜欢那家豆沙水果凉粉里面的咸味红腰豆。"

"对、对、对，那个是主角。豆沙馅也好吃。寒天还带点礁石的味道。"

"对、对、对，是地道的寒天味道。"

两人戴着口罩，不知不觉声音就大了起来，百合子忽然反应过来，环顾四周，看到其他乘客也都在聊天，于是松了口气。她这一眼扫过去，发现车上有很多买完东西的主妇和放学回家的学生。大家都戴着口罩，要么玩手机，要么和朋友聊天，车里虽然闹哄哄的，但是气氛平和。尽管遇到了意外事故，也没有那种令人坐立不安的紧张感。因为这段路搭不了别的交通工具，大家只能干等，所有人都觉得总会有办法的。

"说起来，香奈真厉害啊。能在银座的画廊办那么气派的展览，这不就是艺术家嘛。"

"哪里气派了？她自己攒钱找朋友租的场地，真要说起来，就是办了个文化节活动。"

"可是展品还标了价呢。"

"嗯，因为是展销会。不知道卖不卖得出去，卖出去的话就算是意外之财。本来也没什么名气。"

"要是卖出去就太厉害啦。"

百合子觉得浜的客套话也并非全然无用，她听着都感觉不好意思了。女儿被人夸奖原来这么令人高兴啊。记忆里从没被人夸过的百合子嘴里说着"哎呀，卖不出去的"，一边朗声而笑。要是能对人说出香奈是摄影师这种话，该有多棒啊。她不是像我一样的家庭主妇，她会成为某个有头有脸的人物。

"不过她一头埋在工作里就不好找对象了吧，她自己还说过不想结婚是吧？"浜说到这里，百合子的笑便消失不见了，因为事实确实是这样。

"她真的不需要孩子吗？要生还是趁早为好。"百合子嘟嚷道。

"我也想劝我家儿媳妇，话说到一半还是说不出口啊。"浜也喃喃自语。

"哎呀，来电话了。喂，香奈啊。嗯，停了，还在电车里呢！嗯，没事，浜也在。啊，卖出去了？哪个，那张拍猫的？我也觉得那个不错。嗯，我还在车里，等会儿再细说。嗯，祝贺你，先挂了。"

"卖出去了？"浜立刻问。

"嗯，有张猫坐在石阶上的照片，你有看到吧？"

"啊，是那只虎斑猫吧？照片拍得很可爱，挺招人喜欢的。"

"她第一次卖出去作品，声音都激动了。"

"真好啊！哎呀，我家里也打电话来了。喂，嗯，在登户站。我在车上等着，没办法嘛。诶？啊，是吗？知道了。好，也给我在便当店买份便当，嗯，拜拜。"

"你老公吗？"

这回轮到百合子发问了。

"是啊，他说电视里报道一时间还没办法恢复通车，那是个挂牌司机，平时不常开车。"

"啊，有时就会遇到这样的事。人生真的是不知何时何地会发生什么。"百合子心有余悸地点点头。

"就是，就是，得好好享受当下。"浜很乐观。

"能说出这种话，还是因为到这把年纪，不得不做的事少了很多吧。"百合子深有感触地说。

"是啊。仔细想想，我们这几十年真做了些厉害事。离开父母，和毫无关系的人结婚，生儿育女，等孩子长大成人了再送出家门。"

"从小姑娘变成大婶，马上就是老婆婆了。回不去了啊。"

"最美的年华里，我们披头散发，一门心思扑在孩子身上，把养孩子看作理所当然。但现在的女孩子都深知自己最美的时候要做什么，她们很珍惜自己二十几岁的阶段，所以才结不了婚的，不是吗？最美的年华只有一次，她们想每天都漂漂亮亮的。"

"浜，你怎么了？"百合子略带惊讶地问。

"哎，没什么，就是看着儿媳妇，想到了很多。她为什么不生孩子呢？算了算了，不说这个了。每个人有每个人的活法。"

浜说完，骤然沉默不语。车里流淌着低低的说话声，不知何时，人变少了。

"要再吃一颗糖吗？"

百合子再次拿出化妆包递给浜。浜说了句"谢谢"，还是选了草莓牛奶味的。百合子拿了颗牛奶味的，撕开金色的包装放入口中。

"氛围很好的家庭，或许只有拼命努力才能经营出来。不只是开心，还要经历伤心、生气、吵闹，相互之间才能渐渐理解彼此、接纳彼此。接纳彼此不是一件容易的事。"

"是啊。"百合子附和道。

"现在和过去不一样了，各种想法都能得到包容。说包容估计有点奇怪吧。反正所有人从小接受的教育就是自己可以与众不同，因此就会在让他人按照自己的想法做出改变这件事上产生罪恶感。然而，婚姻在某种意义上并不是自我主张的对立。谁都想尽可能多地保留自己的想法，不是吗？我每次看儿子他们一家，就总感觉他们似乎只有表面的接触。彼此要特别替对方考虑，一家人才能过得幸福啊。但他们似乎不是这样，感觉一旦发生点什么，这个家就会散。"

说到这里，浜叹了口气。所以才说不出催生的话啊，百合子想。

"没事的，越往后越会有家的样子，肯定会的，只是需要时间。"

对，时间，需要漫长的时间。就在这时，百合子的手机又响了。

"哎呀，孩子他爸。是的，是的。嗯，现在在登户站，等了好久还没动。我回去以后做饭，你别进厨房啊。不要随便乱碰哦，你一碰水槽周围就湿漉漉的。好、好、好，拜拜。"

"你老公？"

"嗯，他看到新闻了。"

百合子害怕秀人做东西，他一旦在厨房做什么收拾起来就特别麻烦。此时，她没发现的是，比起交通事故，她更担心家里的厨房。

"又来了，你那毫无来由的自信到底是从哪里来的？"毫无来由的自信？每当此时，百合子都要反问秀人这么说是什么意思，她是真的不理解。

没有自信的母亲怎么带孩子呢？孩子一个问题接一个问题，母亲必须立刻给出正确的回答啊。在这个方面，父亲就轻松多了。孩子基本不会问父亲任何问题。

说起来，香奈上高一时曾经问她："妈妈，你说人为什么必须活着呢？"百合子立刻回答说："也可以不活啊，但死了的话就什么都没了，不会再遇到任何好事。这是损失哦，不划算。"

百合子停下刮萝卜圆块的动作，她忽然思考起滨先前说的话。人在最美的年华里最想做什么呢？恋爱。恋爱使人快乐。一谈恋爱，世界和前一天相比可以说是焕然一新，能让人体会到什么是幸福快乐。嗯，说起来，就是发情，生物的本能嘛，百合子想。

她把刮好的萝卜放进锅里，加水、海带，点火。

所有人都在追寻可以相拥的另一人，可终究还是孤单的，不，可憎的，是的，没什么比男女的分分合合更有意思了。

明明没有谁要求，可人们到了年纪就春心萌动，喜欢上某个人，心情为之起起落落，猜测对方的心意，慢慢发展到牵手，再到接吻，陷入热恋如同坠入梦境，感觉自己似乎得到了全世界。

人们希望永远留存这种幸福，于是走进婚姻。婚姻究竟是谁想出来的呢？不过，要是不结婚，当父亲的估计就放着孩子不管，不知跑到哪里去了吧。可话说回来，幸福是没办法永远留存的啊。

捞出海带后，百合子盯着咕嘟咕嘟的泡泡，继续自己的思考。

她问了许多人结婚有什么好处，却依旧没得到稍具说服力的答案。困惑的百合子在手机上搜了各种与婚姻相关的信息，甚至都开始看一本写婚姻历史的书。

百合子拿竹签戳进萝卜里，确认萝卜已经煮软了，接着就加热水，把去了味的黄甘鱼和生姜倒进锅里，再加上甜料酒、白酒、淡口酱油调味，再炖煮一会儿，黄甘鱼炖萝卜就做好了。

黄甘鱼、萝卜，百合子买之前看过价格。只要秀人不出去工作，接下来的四年半，他们都不会有任何收入，每当想到这里，百合子就会觉得不安。自从大学毕业以来，她三十多年都没过过这种拿不到每月固定收入的日子了。百合子逐渐恼怒，她无法理解为什么养老金制度会是这个样子。大家明明交了那么长时间的钱，政府却中途随意变动约定，按理说应该没人会同意。再说，还不是让人等个一两年，而是把钱整整攒上五年。既然如此，不应该把退休年龄也改到六十五岁吗？养老金完全没发挥价值。真是不知所云！百合子恼怒地用擀面杖拍黄瓜。

说起来，百合子碰到糟心事了，秀人也只会说一句"回来得真晚啊"。算了，他大概也不是不担心，只是嘴巴笨罢了。不，他在外面怎么样百合子不知道，但对着百合子确实就没什么话说。话虽如此，百合子也不是想每天听他抱怨工作上的事，所以一直对于他言语上的关心也无所谓。

百合子把拍散的黄瓜切成大小适宜的小块，放进碗里，撒盐的时候还在想，为什么非得做黄甘鱼炖萝卜这种菜啊？自己想吃牛排，汉堡牛肉饼也行。啊，好想去吃烤肉啊！黄甘鱼什么的，自己一点都不想吃！真是的，有必要这么配合秀人的喜好吗？！

把黄瓜控干水分后，百合子倒入芝麻油、醋、糖，还加了一点淡口酱油拌匀，最后做了一道豆腐味噌汤。今天少一道菜，回来晚了，她也没办法。

"孩子他爸，吃饭。"

听到百合子的呼唤，秀人把报纸放到榻榻米餐桌上。

"今天遭罪了啊。"

百合子正戳着黄甘鱼，听到秀人这么说，本就坐立难安的她打开了话匣子："说真的，自打出生以来，我这还是头一次卷进新闻事件里。"

"在车里什么都不知道，只知道能恢复运行的话，广播就会通知。我一看，所有人都在用手机搜索消息。如今这个时代真方便啊。对了，现在不是不能在公共场所喧哗吗？所以刚开始的时候我一直保持安静，就像什么事都没发生一样。可是时间一长，我忍不下去了，就和浜聊了起来。"

"你大声说话了吗？"

"哎呀，不大点声音就听不清嘛，不过戴着口罩呢。再说大家也都在打电话，要么就是和其他人交换自己掌握的情况，气氛很祥和。但是，过了一小时又安静下去了。"

"想也知道会这样，无事可做嘛。"

"香奈也给我打来电话，说照片卖出去了，高兴得很呢！浜大夸特夸，说能在银座的画廊办展览很厉害！我听了心情很好，但她最后说香奈一头埋在工作里，估计不好找对象，又让我发愁。"

"有什么关系，只要她自己喜欢就行。"

秀人不假思索的回答显得有些不负责任，百合子为此感到不满。

"可香奈喜欢水野哦，她自己亲口说过。要是她这边拼命工作，水野那边被别人抢走了，那香奈不是很可怜吗？你说，男人是不是就喜欢居家型的啊？"

"什么是居家型？"

"家务做得好、性格温柔、勤劳的那种。"

"有这种女人吗？"

秀人罕见地说笑了一句，百合子却怒上心头，回道："不就在这里吗？"秀人哼笑。

"像水野那样正派和善的男人再也找不出第二个了。话虽这么说，但男人毕竟是男人，要是有比香奈更加年轻漂亮的女孩追他，你说，男人是不是肯定选年轻的那个？"

"哪有什么肯定？"秀人说完就沉默了。

哼，你背叛了我一次，这下什么都说不出口了吧！百合子咽回了差点儿冲出喉咙的这句话。

回想起来，发现秀人出轨的时候，自己心中涌起的愤怒究竟因何而起，百合子直到现在都没有完全弄清楚。当然，一开始她确实因秀人的背叛而怒火中烧，然而比起遭遇背叛这件事，更让她丧气的是自己的神经大条，不，是蠢！因此，她才对证实秀人出轨的酒店发票和手机通话记录视而不见，她生气的点其实在于丈夫是这种男人的现实。当她质问秀人为什么谎称出差而实际是去泡温泉时，秀人当即和盘托出，这一点也让她失望。

已经过去了将近十年，然而每当碰上点事，百合子都会忽然回想起那个时候。想起她看着像遭到训斥的孩子一样，垮着脸一一回答问题的秀人，以及质问秀人是否爱对方，秀人反问"爱？"时的茫然神色。

"我问你爱不爱她。"百合子很生气。

"啊，不好说。"

"那到底怎么回事，你和那个女人是什么关系？"

"什么关系，就是在交往啊。"

"交往？你说的什么话，你都结婚了。"

"那个，总之，不知怎么就成现在这样了。"

"她在哪儿，叫什么？"

"她在另一家支行，以前是我下属。"

"多大，单身吗？"

"三十八岁，离过一次婚。"

得知对方远比自己年轻，百合子情绪激动。

"长得很漂亮吗？"

"这个，怎么说呢？"

"哪怕撒谎，我肯定也得说她不好看啊。"秀人答道。

百合子烦透了事事都令人失望的丈夫，脱口说道："像你这种长相平平的大叔究竟有什么好的啊。"

你已经在那个女人面前袒露过自己的裸体了吧？百合子清晰地记得自己当时产生的想法。

这便是问题的症结。百合子一直认为，婚姻就是不在别的女人面前裸裎相对的誓约。不，她之前并没想到这么具体的层面，但当秀人打破了誓约，她清楚地感觉到，相比其他，最重要的就是这一点。

在他人面前裸露自己是一件羞耻的事情，需要一定的勇气。如果面对的是异性，裸露基本就是不可能的。浑身覆满毛发大概还能另当别论，但人类的皮肤轻薄柔软，一划就破。人们出生后便被裹上褓褓，自那以后，无论清醒还是入睡，身上总会穿点什么。因此，脱衣服与其说可怕，倒不如说反常。做爱什么的，不脱光也能做，脱内裤就行。是否裸露，能否做到裸露确实就是问题的关键。百合子一边这么想着，一边清洗餐具，随后用抹布把餐具擦干，收进碗柜里。

不过再想想，对一个接一个换男朋友的女人来说，在男人面前裸露自己或许也没什么大不了的，但婚姻对她们而言恐怕也没什么特别的意义。如果能毫不在意专情、忠诚的前提条件，不就也没必要接受婚姻的束缚嘛，百合子想。自己受到了束缚，丈夫也受到了婚姻的束缚，因此自己一直信任着他，信任是理所应当的，是缔结婚姻的前提。

百合子冲好速溶咖啡，坐到厨房的餐桌边，等待咖啡稍稍放凉。她边等边想，那时生气的原因和得知养老金改到六十五岁以后发放时生气的原因还挺接近，都源自深信不疑的东西突然崩塌不再，不顾寄予信任的一方会作何感想，以及宣称无可奈何的国家与如出一辙的丈夫的嘴脸。

讨厌，自己气的到底是什么呢？百合子放下马克杯。没能得到本该得到的东西时感到的失望，怎么会和秀人背叛自己的失望一模一样呢！

是了，自己总是这样，思考时把各种各样的问题都搅在一起。个人的婚姻和国家的养老金制度，怎么说呢，它们的规模，不，层级是不一样的。百合子看着马克杯，转念又想，可要是所有人都不结婚，也不生孩子，国家就会灭亡，大家不是都明白这点吗？

哦，所以说，做爱就是守护国家吧。

"嘿嘿。"百合子为自己的发现笑出声来。

努力解决少子化问题？百合子进而想到，那不就是号召大家不要避孕，去做爱嘛。"不要避孕"是重点所在吧，毕竟孩子们一直在接受避孕知识的教导，在"怀孕就完蛋了"的"恐吓"下长大成人。

肯定会有些孩子无法逃离这样的诅咒吧，尤其是男孩。他们不明缘由，只觉得怀孕似乎是件很严重的事，于是对此心生恐惧。要是所有人都迈进结婚生子的圈子那倒还好，但周围的人皆是徘徊在其外的人，如此一来，谈个恋爱畏首畏尾的，担忧等在前方的可怕结局也就可以理解了。

总而言之，人们总在没有做好为人父母的准备时当上父母。他们大概都以为一旦当上父母，接下来的二十年，说不定三十年，不，四五十年，自己的人生都要被孩子束缚住。

百合子轻轻抚摸画在马克杯上的蓝色小鸟。杯子是香奈上初中时，去信州修学旅行带回来的伴手礼，不知怎么用到现在都没碎。每次看到这个杯子，百合子都会想起自己当时又是买球鞋，又是买背包、登山服的事情。香奈说必须和大家买一样的牌子，她就一家又一家店去找。她不耐烦地问，为什么非要和大家一样。香奈也不耐烦地说"妈妈，学校就是这样"。她还记得看到香奈烦躁得不得了，却还是坚决不要相似的替代品时，自己是多么震惊于来自集体的强大压力。

说起来，秀人也讲过类似的。邀请年轻的下属一起去喝酒，下属可以以已经和朋友有约为由拒绝。朋友优先于上司。他们是真的很注重同辈集体的统一。身边的人做什么，自己也要做什么；身边的人不做什么，自己也不做什么。一切都是为了不让自己显得与众不同。

我们不也是这样吗，百合子想。

为什么结婚呢？因为大家都结婚。因为大家都这么做，自己便觉得理当如此。在幼儿园、学校、职场里也一样，大家都做的，自己不做就是不正常。

不过，会不会只是因为我自己思想老旧呢？百合子边这么想着，边去手机上搜了搜，发现在自己迈入婚姻的20世纪80年代，同年代的女性终身未婚率不到5%。到2020年，男性终身未婚率上涨到26%左右，女性上涨到17%左右。数字虽然涨了，但如香奈所说，并不是大家都不结婚，只是初婚年龄变成了三十岁而已。眼下香奈看着身边人的情况，心里不着急。可到了明年，她应该就明白结婚的紧迫性了。等她着急了再说吗？不，到那个时候或许一切都晚了。

"今天真是遭罪了啊！"百合子从浴室出来后，在客厅里边喝啤酒边看电视的香奈开口说道。

"是啊，最后等了两个多小时呢。不知不觉就和浜聊得很深入。"百合子嘟囔着，也从冰箱里拿出啤酒罐，"香奈，以后我要找你收啤酒钱了啊！"她说着坐到香奈旁边。

"怎么突然说这种话？"

"家里现在没有收入了嘛。"

"咦，不是拿到退休费了吗？"

"退休费能不动就不动。以后不知道还要活几年，会遇上什么事，也不知道要养你到什么时候。"

"怎么突然说这种话啊，发生什么事了吗？"

"努力工作很好，可你真的不需要孩子吗？"

面对百合子的问题，香奈露出受够了的表情，反问道："又提这个？"

"你想想啊，二十年，不，三十年以后，你和水野也分手了，结果某天一个人遇到事故，电车停了，很晚才能回家，却都没人担心你，到那时你怎么办？"

"嗯。"

"养老金可能到七十岁都拿不到呢。你一个人到那时候打算怎么办。"

"你撞到头了？"香奈伸手去探百合子额头，"没发烧啊。"

"今天，电车停了，车里有个女人不看手机，一直把头低着。她看上去四十岁左右的样子，也不像是在和谁发消息。我呢，还有你爸爸和你两个人给我打电话。"

"什么嘛，你还观察别人在干什么？没看手机又怎样？"

"那个女人和你很像啊。"

"哼，说什么胡话。"香奈喝完啤酒，站起身来。

"你给我坐下。"

百合子的语气变得严肃，香奈受她的气势所迫，坐了下来。

"结婚成家没那么简单。"

"所以啊，都说了我不成家。这个年代结了婚的三分之一都要离。我才不要和喜欢的人互相伤害，留下难堪的经历。归根结底，很多人就是因为结婚，最后才会落个以泪洗面的下场。"

"你都没结婚，怎么能看清这些事的呢？水野又没有背叛你，你怎么就明白了这些呢？您是何方神圣？"

"什么啊，"香奈突然露出郑重的神色，小声说，"爸爸也背叛过你，你还说得这么冠冕堂皇。"

百合子倒吸一口气："你都知道了？"

"知道啊。端上桌的小菜都是胡椒味，衣服洗串了色，白T恤染成了粉色，爸爸每天很早就回家。还有，电视里出现了玉木宏，你也不笑。"

"是吗，我当时是那个样子啊？"百合子讶异地听着。

"仔细想想，我不想结婚或许就是因为这个，感觉像被绝不可能背叛自己的人给背叛了一样。"

对，都和自己结婚了还这样，自己一直以为他不可能出轨。

"爸爸呢，看着正经得要死，不，应该说除了正经还是正经，没想到这其实是他的伪装。我就想，人真可怕啊。我也不是没想象过婚姻生活。假如和水野结婚，我们就得搬家。假设去外面租个房子住，我们在家也有自己的事忙，那必须得有各自的房间吧，这样一来至少要租个两室。水野先不说，我的东西很多，需要车，而且我不能住在离工作室太远的地方。我们两个到手的收入加起来才三十六万日元。租金十五万日元，电费、燃气费、话费六万日元，餐费五万日元，杂费两万日元，保险费一万日元，停车费三万日元，加起来一共要花三十二万日元，剩下四万日元，要挤出钱付油费，买胶卷、相片纸、显影液等各种消耗品。"

香奈数着指头，喋喋不休地计算钱的事。百合子恍惚地看着香奈的侧脸，她在一篇报道中看到过，说是即便如此，90%的男男女女总还是有过结婚的打算的。

"现在还承担得起，可三年、五年、十年后呢？不知道水野什么时候才能当上副教授。不，现在孩子减少得这么快，可能还没等他当上副教授，大学就已经消失了。到时候他还有能力在这个社会上立足吗？管辖垃圾处理事务的是环境省，他去做顾问，还是去地方上的机构？至于我的工作，也许以后没人需要照片了，我的工作也就消失了。这个时代，大家都有智能手机这种厉害的设备，无论何时何地，任何人都能轻松拍视频。时尚杂志或许也会消失。造型设计大概会变成视频博主的工作。啊，我会成为视频博主吗？可我就是因为不擅长在很多人面前表达，所以才当摄影师的啊。也许还会发生大地震。要是核电泄漏引发了事故，我们就得逃命去了。就算所有事顺顺当当，我可能还要面临水野的背叛。父母老了，可能变糊涂，这样一来就必须照顾老人。我要是怀孕了，或许会想抛开一切，把孩子生下来。"香奈叹了口气。

　　"你这孩子，不妨生个孩子看看嘛。这样你就长大成人了。没人知道孩子下一步会做什么。养了孩子，你就会明白，你即便无法预见十秒后会发生什么，也还是要养他。要知道，孩子是拼命在朝未来奔跑，他们用小小的双腿努力学习站立。人当然都会惴惴不安，不知道明天等待自己的是什么。但你得明白，所有人都怀抱着这样的不安直面明天，每个人都是这么度过明天的啊。从出生的那一刻起便已经如此了。"

　　许多话喷薄欲出，但百合子全都咽了回去。

　　"你是大人了，必须自己做决定。"差点儿就要脱口而出的这句话也被百合子咽了回去。

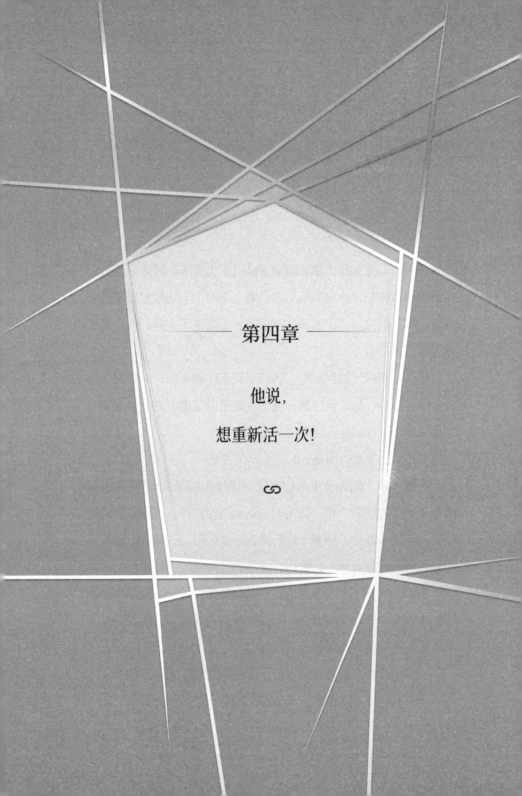

第四章

他说，

想重新活一次！

梓一门心思在想，哪怕回家很晚，丈夫也不会再为自己担心了。受事故影响，她坐的电车停了两个小时，于是留意到了这个事实。梓先前完全忘了就算回家很晚，丈夫也不会担心他的妻子这件事。

　　她身心俱疲地回到家中，独自坐到客厅地板上，再也没力气动一下了。梓心想，自己莫不是正在毫无道理地失去一些重要的东西，并且没有因此得到任何东西。

　　不是业已失去，而是正在一点点失去吧。

　　一闭上眼，两人发生龃龉的场景便接连浮现又消失。《水泥海洋》登上电视前，带一辉去时装店和美容院时，一辉冷淡的脸色；狂买游戏软件，硬要一辉听里面的音乐时，一辉百无聊赖的表情；一辉被游戏电子音震住，露出的沮丧神色；看梓为《不知何时看到的天空》写的乐评时，一辉毫无表情的一张脸；梓准备了上《音乐之门》要用的衣服，却被告知今后他自己选衣服时，一辉脸上奇异莫测的微笑。

　　"按杜卡斯《魔法师的弟子》那种感觉来应该可以吧？"

　　"迪士尼的《幻想曲》不是更合适吗？"

"呃，我们说的是同一首曲子。"

梓清晰地回想起这段傻乎乎的对话，心想，自那以后，自己一点长进都没有。没有认真学习音乐知识，仅凭感受撰写文章，所以也没做出多大成绩。虽然有了乐评人、随笔作家之类的头衔，但接到的工作尽是采访新人、介绍演奏会之类。一直都凭自己的好恶判断一切，以为资料可以掩盖自己的无知。反正这个时代人人都能上网搜索，拥有知识什么的已不能成为自傲的资本。因为自己欣赏的一辉同样得到了其他人的认可，于是便对自己的眼光产生了自信。不对，在此之前，梓已经觉得自己很有眼光了。与其说自信，不如说是她喜欢自己的眼光，因此才直接喜欢上了对自己有好感的一辉。

可现在呢?

房子里冷冰冰的，没有任何活物。梓软绵绵地躺到羊毛地毯上。她缓缓仰起脸，白色的天花板映入眼帘。上次看到天花板，还是和一辉在这里做爱的时候，她神情恍惚地想。那是什么时候呢? 彼时房子外天色亮起，阳光最终透了进来。

想起来了，是在那场地震过后，终于可以关上电视的时候。身处不安的他们在煎熬中感受到彼此需要，于是每天都会做爱。梓算了算，那已经是九年前的事了。上次触碰一辉的肌肤是什么时候呢? 她试图回想，但想不起来。他甚至都不再靠近自己了。尽管发现了一辉的改变，梓却认为一辉本性就是如此，因而没有深究。她心想，一辉工作繁忙，又比自己大了十岁，想来性欲也在不断衰减，就只是丈夫腻烦了妻子，她也一样。当然，这其实是她对自己撒的谎，为的是给自己找补。一辉要么待在工作室，要么就出门，和梓几乎没有任何交流。

自己正在一点点失去什么呢？

天花板似乎缓缓压了下来，梓闭上眼，把手放到胸口。

可能是柔情，她想。那种仅仅是看着喜欢的人，心中就喷薄欲出的柔情；那种直到有了喜欢的人，才从身体里涌出来的不可思议的感情；想为对方付出，不愿对方受伤，想守护对方，这样的心情不知为何源源不断地冒出来，犹如泉眼一般，永不干涸。这是爱最美好的一面。

梓睁开眼，缓缓坐起身。她有太多话想问一辉。"为什么喜欢上别人？""为什么要抛下我？""为什么能忍心抛下我？"

她从扔在一边的包里拿出手机，给一辉打电话。

"什么事？"

"有个问题想问你。"

"我在开讨论会。"

"你都结婚了，为什么还要喜欢上别人呢？"

"已经喜欢上了，没办法。这种事可能也会发生在你身上。"

"绝不可能。"

"你真能说得这么绝对？算了，我现在很忙，挂了。"

电话挂断了。梓又一次打过去，已经无人接听。

　　她打了一次又一次，每次对面传来的都是女声提示"您拨打的电话暂时无人接听，有事请留言"。梓听到提示就挂断再打，如此翻来覆去。每次挂断，怒气便上涨一分。她一边怒喊"搞什么，把我当傻子吗？荒谬！"一边停不下拨打电话的手。

　　泪水瞬间夺眶而出，她被一辉无视了。自己是他的妻子，现在还没离婚，却已经被他当成了麻烦，全都是因为他自私任性。梓把手机砸向墙壁，砰的一声响，手机弹开，掉到了地上。梓站起身，捡起手机，抓起包，走出家门。

　　入夜后气温骤降。梓没穿外套，怒火中烧的她甚至感觉不到寒冷。

　　她搭上火车，再换乘地铁，奔赴一辉的公寓。电车里全是疲惫的上班族。梓的脸色想来十分阴沉，不过所有人都戴着口罩低着头，她也就没怎么收敛自己的情绪。她脑袋里想的全是要对一辉说什么，身体渐渐发热。

　　梓下了地铁，走到公寓前，抬头一看，房间里亮着灯。她给一辉发了消息，说自己在公寓楼的玄关处，有话和他说，希望他出来一趟。

　　等了差不多十分钟，梓的身体开始打起寒战，一辉现身，说了句"回家谈"，随即迈开步子。梓沉默地跟了上去。走到路边，一辉招停出租车，坐了进去。梓刚坐到旁边，就从一辉身上闻到一股从未闻过的肥皂味。她心中不快，却沉默不语。一辉也一言不发。

压抑的氛围下，两人回到家中。一辉先走进家门，梓跟在后面。她感到身体寒冷入骨，就从床上拿来毛毯裹着，坐到地上。她环抱膝头，无声仰视一辉。一辉问了句"冷吗"，没等梓回答就去厨房泡了红茶端出来。他把茶放到客厅正中央的玻璃桌上，说了句"喝吧"，随即坐到梓对面。

梓伸出手，双手抱起马克杯，慢慢喝了一口。暖意落入心间，她闭上眼，又喝了一口。自己要用尽一切办法留住这个人，她想。

"你要说什么？"一辉平静地问。

"你厌烦我了吗？"

"不是厌烦，只是现在比起喜欢你，我更喜欢她。"

"喜欢她？"

"嗯，我总不能同时喜欢两个人吧？"

确实，一个人不能同时喜欢两个，这是婚姻的底线。"那我怎样就无所谓了吗？"梓忍不住就要说出这句话。

还有，他为什么不道歉？他难道不应该道歉，请求原谅吗？

"我们冷静下来再谈吧。好几次想和你谈谈，你都号啕大哭，根本聊不下去。你就不能稍微控制一下自己的情绪吗？"

"控制情绪？"

"是啊。稍微理性点吧！"

"现在这个情况有道理可讲吗？"

"你要像这样找架吵，就没什么好商量的了。既然聊不下去，那我先回去了。"一辉说完就站起了身。

"别、别，行、行、行，我保证不大喊大叫。"梓也慌忙起身，伸手拉住一辉的胳膊。一辉自然而然地挣脱梓的手，再次坐下，梓也坐了下来。

"想说什么就说吧，但是绝对不能……"

"知道，不会大喊大叫的。"

一辉看着梓的眼睛，令梓的心情稍微缓和了那么一点，她此时真想紧紧抱住一辉。梓努力告诫自己，冷静，平静下来和他说。

"我想说的就是，希望你重新考虑一下。你那么突如其来地说要分开，我不知道该怎么办？"

错了，梓其实是想让他道歉，但却说不出口。梓发觉，即便在这种时候，她都无法道出自己的本意。

"我没打算重新考虑。我们本来就处得不好。"

"处得不好是什么意思？"

"我们在一起并不幸福。"

"不幸福？你不幸福？"

"你觉得呢？你也攒了一肚子不满吧，不是吗？"

"不满？你为什么会这么想，是我抱怨什么了吗？"

"你是什么都没说，但你变得沉默寡言，这就说明你心情不好吧。在我记忆里，我们从来没有敞开心扉地沟通过。"

"怎么会？"梓说完沉默下来。是不是早就该聊一聊？这就是离婚的原因吗？可聊什么好呢？以前都和一辉聊什么来着，她拼命回想着。

"你有看《音乐之门》吗？"

"啊，嗯，在看。"

"觉得怎么样？我没听你提过任何感想。"

"感想？"

"感觉你似乎不喜欢这个节目。"

梓确实不喜欢《音乐之门》，尽管刚开始看时是兴奋的。她曾经担心一辉，不知道一辉能不能做好节目，怀着祈祷的心守在电视机前。然而现在却不同了，她甚至还会挑节目的毛病。

一辉对着沉默不语的梓叹了口气："你说说看，到底是哪里不入你的眼呢？"梓一下紧张起来，她想，要是说得不好，两人的关系会越发恶化。她不能失言，不能出错。

"我不是不喜欢，就是……"

梓说到这里没能继续下去，她看了一辉一眼。

"就是什么？你说清楚吧。"一辉催促道。他的神色看起来竟显得悲伤，令梓心绪混乱。做错的人明明是他，为什么被责难的却是自己呢？梓无法理解，她小心斟酌自己的词句。

"我感觉那个节目不适合你。"

"不适合？"

"嗯，在向大众传递古典音乐之美这方面，节目确实有它的意义，但我觉得，它不是你非做不可的工作。"

　　说出口以后，梓感觉这并不是自己真正想表达的，她只是不想看到一辉与坂东香织亲密聊天的场面罢了。

　　"你的意思我明白。我也有事想找你问个清楚。都到这个时候了，问出来应该也没关系吧？"

　　梓的心头涌起紧张，她沉默地微微点头。

　　"先说这个，你觉得作曲家应该是什么样子的？"

　　一辉此前从未问过这个问题。因为它根本无须解释。

　　"作曲家就应该作曲。"

　　"OK。我作了曲，你听了我的作品，被作品打动，思前想后很久后来和我见面。"

　　"嗯。"梓点点头。

　　"我那时很开心，到现在都清楚地记得初次和你见面那天的情景。后来我觉得自己无法放开你，于是就和你结了婚。"

　　"于是？不是因为爱我吗？"

　　"你呢，你爱我吗？"

　　"当然爱啊！"

　　"你爱的不是我，而是我创作的曲子吧？"

　　"都一样啊，没道理非要分开来看。"

　　"那为什么要打扮我，劝我创作游戏音乐、电影音乐呢？这些就适合我吗？"

　　"因为只有挣点名气，你才能出 CD，生活压力也会小一些。这是你做自己喜欢的事情之前，必须经历的阶段啊。"

"所以说，你希望让大众接受我，对吧？"

"是啊。但这不是我的希望，而是你的。"

"我啊？"一辉说着，露出憋不住笑的神情。他又重复了一遍："我啊？"嘲讽的声音落在梓耳边，令她心生畏怯。

"你所说的阶段，最终朝向的目标是什么呢？"

"是为了通往成功。"

是啊，成功，可什么叫成功呢？梓想起和理比人的谈话。那个没有名气的作曲家让她教他怎么变成名人。名人？

"成功具体指什么？"

"这个……"

"你说人名也行，要和谁一样才能称得上成功呢？"

人名？梓再度失语。她不太清楚有名的古典音乐作曲家在世时都过着什么样的生活。贝多芬是最成功的作曲家，可他不是时常为金钱所困吗？

"不用烦心钱的事，创作出众所周知的曲目，类似这样。"梓小心斟酌词句。

"也就是说，你劝我接的都是能让我挣到钱的工作，对吧？"

"要是缺钱，你就没有那个心力去创作自己想写的曲子了。"

"想写的曲子啊，你怎么知道我想写什么样的曲子呢？"

"如果为了生活做别的工作，时间不就消磨掉了吗？"

"别的工作？为了生活？"

梓不明白一辉为什么要重复自己话里的一部分内容，她茫然地看着一辉的脸，突然间竟奇异地感觉自己似乎是在看着电视屏幕。说起来，最近除了在电视里，她根本没有机会见到一辉。

"不觉得可笑吗？你话里的意思是，我想创作的曲子无人问津，我也无法靠它们生活下去。"

"啊？"意想不到的回话令梓语塞。她没这么说。嘴上是没这么说，但心里是不是就是这么想的呢？

"然后呢，维持不了生计，我就会困窘。"

困窘？

"归根结底，这就是你想表达的吧？"

"怎么会？"

"我现在算成功还是失败？"

"你……"

说到这里，梓没了主意，闭口不语。什么叫成功呢？她发现如今的一辉正符合自己想象中的成功模样，于是方寸大乱。她在心里描绘的就是这样一幅图景吗？梓感觉自己落入了陷阱，拼命寻找突围的道路。她焦躁不安，若是承认了，自己似乎当即就会变为罪人。

"答不上来吗？那我换个问题，音乐能变成钱吗？"

"什么？"

"我在问你，音乐能不能变成钱？"

"音乐也分很多种啊。"

"很多种？"

"不只古典音乐，还有流行、摇滚、爵士之类的。"

"我是在问你，音乐能不能变成钱？"

"能啊，如果畅销的话。"

"畅销？就是要卖出去对吧？"

"卖出去吗？是……是吧……"

"所以，它们是商品。"

"我没这么说……"

一辉骤然沉默下来。梓心里忐忑不安，偷偷窥视一辉的神色。一辉在电视里总是带着沉稳的笑意，而现在却垂下眼睛，看起来很悲伤。

"那个，现在为什么非得聊这样的话题？和离婚有关系吗？"

"有。"一辉说完起身走进厨房，倒了两杯咖啡出来。他在梓面前放下一杯，收起冷掉的红茶，随后坐到地上，喝起自己面前的那杯咖啡。梓被一连串突如其来的问题弄得不知所措，和她相比，一辉甚至称得上怡然自得。

"归根结底是这么一回事。音乐可以换钱。然后呢，你喜欢我创作的《水泥海洋》，但你觉得它卖不出去。我想创作的曲子都赚不到钱。"

"我没那么说啊。"

"嗯，你是对的。《水泥海洋》的 CD 根本卖不动。你大概忘了，一个评论家在电视上听完这首曲子后，给出的评价是'内向的不谐和音并未打破常规，传到更远的地方去'。说白了就是没听进去。"

"不是非得要所有人都听进去啊。"

梓一下挺直身板，给自己灌注力量。

"是那个评论家不懂欣赏。《水泥海洋》会传到远方去的，它是一支很棒的曲子。"

"你最近一次听它是什么时候？"

又一个意想不到的问题，让梓闭了嘴。什么时候，是什么时候呢，她记不清了。除非自己放 CD 听，她应该不可能碰巧在别的什么地方听到。最后一次放 CD 是什么时候呢，她想不起来了。

"你不认可现在的我。"

说出这句话的一辉看起来有些悲哀，梓急了，她必须否认，却又无法否认。这个才华横溢的作曲家曾是她的偶像。

"在你眼里，我已经跌落谷底了，和大众眼里的我完全相反。"

怎么会？！

"所以就不幸福了？我到现在还爱着你。"梓说到一半停住了，她忽然想，一辉想要的会不会是夸赞，而不是爱呢？

"那个女人经常夸你吧？"

"嗯？"梓与抬起头的一辉目光交会。她确定了，一辉就是受到了那个女人的夸赞。

　　"夸你什么了？她不是完全不懂音乐吗？难道夸了《水泥海洋》？肯定不是。"

　　"为什么肯定不是？"

　　一辉面露愠色。他孩子气的态度竟让梓突然觉得好笑，原来一辉还有这样的一面，一遭到批判便摆出虚张声势的架势。

　　"你该不会以为，只有你才懂得那首曲子的好吧？"

　　为什么要揪着这首曲子不放呢？这搞得好像彼此之间似乎只有这件事可谈一样。不，他是想说，自己对他大赞特赞的只有那首曲子。梓突然对一辉喜欢的那个女人产生了好奇，她试图拉回话题。

　　"那个女人夸你什么了？"

　　"呵，"一辉笑了，"果然还是一场无谓的谈话。"

　　"你说的'果然'是什么意思？"

　　这下轮到梓心头火起。

　　"我好像对你有些误解。"

　　一辉的这句话令梓万分紧张，接下来绝对不是什么好话。

　　"我本以为你是个理智的人。"

　　"你想说什么？"

　　"因为你提的桩桩件件都有道理，我才听从你的意见，一直当个自由职业者，接不熟悉的工作，穿你准备好的衣服拍照。

头发也剪了，不只电视节目，连广告都拍了。可你最后还是不满意。我想，这是为什么呢？然后我懂了，你要让我觉得自己没有价值，你在心里蔑视我，却又实打实地接受我给你带来的好处。"

"你太过分了。"梓说完一句又沉默下去。太过分了，得到好处的不是他自己吗？先前苦苦压抑的怒气顿时在她全身游走，然而怒气之中又生出被一辉说中了什么的感觉，于是她脑海中回响起理比人的声音："你懂吧？想想影山一辉上电视以后，大众看待他的眼光是怎么变的，又是怎么让他发生了改变的。话说回来，《水泥海洋》没有大爆啊！"

大众接纳的是一辉温柔的笑脸与和气的言谈，丰富的知识与不招人厌的幽默。他的脸成为一种符号，通过电视传播流通，这便是成名。

现实稍许超出了梓的想象。她此前只是无意识地在想：是啊，我不过是个贫穷的钢琴老师、杂志社的兼职员工罢了。要说成名，就得成为贝多芬一样的人物。以作曲家的身份广受认可与尊重是件很棒的事吧！为此先得出名。这个简单的想法不知不觉间成为目标，最终背离预期，使一辉反过来利用作曲家的头衔出了名。梓没有发现事实已然本末倒置。不，她发现了，却选择了视而不见。

"我想重新活一次。这次和她一起，而不是和你。"

一辉平静的话语击溃了梓。她不甘心就此无言以对。

"你能结识那个女人，还是因为我劝你接下创作游戏音乐的工作。"话说到一半，想到一辉出轨还是由自己播撒下的种子所致，梓咽回了后面的话。

　　任性妄为的是他，凭什么被责问的却是梓呢？梓默默看着一辉的脸，泪水夺眶而出。长到这个岁数了还哭得抽抽搭搭的。不甘，不甘且悲痛！她也不知道为什么，反正心里就是感到悲痛。

　　一辉沉默，一直盯着梓。梓试图在他不堪其扰的表情中探寻一丝温柔，却以失败告终。

　　到底是哪里出了错呢？

　　梓哭着站起身，夺门而出。

　　接触到冰冷的空气，泪水渐渐止住。她一步不停地往前走。身体转瞬间透进寒气，她抱起胳膊，缩紧肩膀。钱包、手机都没带，她只能回娘家了。

　　梓走到车站，搭了辆停在那里的出租车。和司机说了娘家的地址后，她沉沉地陷进座椅里。隐约的汽油味把她稀里糊涂的大脑拉回到现实。

　　音乐能变成钱吗？

　　一辉的提问卷土重来。梓想，"音乐行业"的说法是有的，很多人都靠卖音乐为生。你我皆如此，这还有什么好问的。想着想着，她渐渐明白了一辉想表达的是什么——有天赋的作曲家才能创作出无法为金钱所取代的作品。由于无法被金钱取代，因此就不会变成钱。变不成钱，钱也就落不到手上。梓自知没有专业知识储备，所以一直信心十足地撰写那些小小的乐评，然而不知从什么时候开始，她最先考虑的已经变成了作品是否卖得出去。

怎么会这样？

她闭上眼，不断坠入幽深的沼泽，呼出的气体冰凉地流动在温暖的车里，后背冷意森森。

最近一次听那支曲子是什么时候呢？

一辉早就知道，她已经很久不听《水泥海洋》了。可那又怎样，梓在沼泽地底呢喃。那和爱有什么关系？

香奈被厨房的桌角绊了一下，没稳住身子，咚的一声摔倒在地。

"我说你啊，还好吗？你在干什么啊？"沙发那边传来百合子的声音。倒地的香奈半天没起来，百合子担心她，起身走到香奈身边，蹲下来轻轻拍打香奈后背。

"没事吧？"

"嗯——"香奈呻吟着，骨碌一下翻过身，就那么仰躺在地上。

百合子发现香奈的发色不知何时变成了黑色，放柔声音问她发生了什么。

"哪里痛吗？"

"嗯——"

"怎么了吗？"

"有个女人在勾搭水野。"

"荒唐。"百合子说完起身，从冰箱里拿出两罐冰啤。她把其中一罐放到香奈肚子上，自己回到沙发上，打开另一罐啤酒。

"冰死我了啦！"

香奈抱怨着，终于爬起来，盘腿坐在地上喝起了啤酒。

"你怎么知道的？"

"我在水野家的时候，两次都碰到她来找水野。"

"你说真的？"

"嗯。"

"这就糟了。"百合子笑了。香奈照旧穿着旧卫衣和运动衫。百合子想，这副打扮让人怎么想，有人会觉得"接地气"，也有人会觉得"太不讲究"。香奈，人没问题，就是一点都不精致。

"是个什么样的女人？"

"我只瞟了几眼，很年轻，说是在读研一。"

"哇，那就是二十三岁了。"

"二十三岁了还打扮成洛丽塔。"

"洛丽塔？"

"走的洛丽塔风，打扮得像是从秋叶原的女仆咖啡馆里跑出来的一样。穿的是花边领白衬衫、蓬蓬裙，头上扎着蝴蝶结，看得硌硬。"

"可爱吗？"

"你说长相？"

"嗯。"百合子带着些开玩笑的心情。

"也不能说不可爱，不过皮肤还真是滑溜溜的、亮闪闪的。"

百合子扑哧笑出了声，香奈瞪了她一眼，小声说："有什么了不起的！"

"你有裙子吗？"

"啊？"

"好久没看你穿裙子了。"

"上班穿不了。"

"我给你买一条吧？"

"不用。为什么要给我买裙子？"

"哎呀，我就是在想，要是水野看到你穿裙子，说不定也会眼前一亮。"

"会碰到性骚扰。"

"性骚扰啊。"百合子说完沉默了。她觉得穿裙子，细心化个妆，做个发型，会显出自己的漂亮。可如今这种想法似乎并不正确。看到裙子就兴奋的男人确实也不是什么正经人。

"不过话说回来，那个洛丽塔女孩在他看来应该挺可爱的吧？"百合子把空啤酒罐放到桌上，忍不住说出了这句话。不认清现实不行，男人本来就是视觉动物。

"那个女人的态度亲昵得不大正常。"

香奈似乎没发现自己的说话声里夹杂了叹息。

"那就是有点什么吧。"

"有点什么？她和水野吗？"

"就算水野被她抢走，你也不在乎吗？"

"啊——"香奈发出绝望的声音，把百合子给逗笑了。这就是青春啊，百合子看着即将三十岁的女儿，想到过去到了十八岁就该考虑婚姻大事，不由得感慨这一代的青春时期足足拉长了一轮。也是，过去死在六十多岁很正常，而今不知从什么时候起，大家已经能活到将近九十了。爱情的寿命延长了吗？比起这个，卵子的寿命呢？如果想要孩子，只有女人才需要着急，世道是多么不公平啊！百合子为香奈感到怜惜。她真的不需要孩子吗？之前，看着像机枪一样不停倾吐不安的香奈，她觉得香奈只是一门心思地认定自己养不起孩子而已。

"如果不想水野被人抢走，不如就和他结婚吧？我看过一本书，上面说结婚就是缔结永恒之爱的誓言。还有人说，这样一来，对方就属于自己了。我不也称呼你爸爸是'我家老公'吗？这就叫自然而然地宣示主权。"

"哦——"香奈的表情略有松动。

"是这样吗？"

"就是向其他人宣告，自己永远只爱这个人。"

受法律保护，也得到了相应的权利，即使靠丈夫生活也无人指摘。

"那是……没有自信的表现。"

"嗯，什么自信？"

"永远只爱这个人的自信。"

"啊，这个？"

"就是这个。"香奈大声说道，然后一口气喝完了啤酒。

百合子想，重点应该在于是否能够认定自己有那个自信吧。而自信的原动力即为热情。热情唯有燃烧生命方可持续，燃烧生命是危险之举。不顾危险的前行需要什么呢？

百合子想，自己和秀人结婚的时候，考虑的事情真的很简单。不，应该说是充满了幻想。被人爱着的真切感觉令她如在云端，她幻想着和喜欢的人永远幸福地生活在一起。

如今，很多人声称幸福的婚姻只是幻想。不，不，此番言论是百合子从书上、网上得来的。幻想啊，百合子对这个答案半是惊愕，却也半是赞成。惊愕是因为称无法得到的事物为幻想是小孩的思维逻辑，赞成是因为她觉得世上一切美好的事物都是幻影。

百合子近来感到，所谓幸福，并不存在于最终抵达的目的地。为了说服香奈，她深入思考婚姻的含义，而后渐渐明白了一个道理——世上没有能够切实抓在手里的所谓"幸福"。幸福如同飘在空中的云，大小、形状总在变。并且，被幸福包围的时候，人们甚至都不会发现自己身处其中。幸福还会受外在世界的影响，不是仅凭自己的力量便可获取的东西。在获取幸福的过程中，人们会遭遇挫折，并且只有事后才能明白经历挫折不一定能通往幸福。

这些道理说再多也说不清楚，百合子想。即便说清楚了又有什么意义呢？百合子的幸福里总有香奈的身影，但香奈这孩子还没感受到这点。又或者，身处百合子的幸福里，香奈本人可能并不觉得幸福。百合子时常感慨，人生真是不可思议又意味深长。

天气转冷，百合子穿上了厚毛衣。毛衣是她自己织的，她穿了很长时间了。香奈早上起床看到了，笑着说："今年冬天又实打实地到来了啊。"

毛衣是在香奈高二时的第二次，不，第三次叛逆期到来的冬天织的。香奈每气她一次，她就织毛衣排解怒气。百合子记得，自己当时买来天蓝色的毛线，一边看书，一边抛开一切杂念不停地织毛衣。

收拾、扫地、洗衣服的活儿干完了，百合子生起些怀旧的心情，拿出了旧时的老相册。

香奈小时候还没有数码相机，照片全都是冲印的相纸，把照片贴在相册里的人不是百合子，而是秀人。不出所料，闻到相册的味道，秀人果然走到客厅，兴冲冲地说："呀，看照片呢。"

"哎呀，那时候的你真年轻啊。"

百合子看着在香奈的"七五三①祝贺日"拍的照片，不由得笑了出来。

"你也瘦过啊。"

"真过分，现在好像胖了。"

"没瘦吧！"

秀人说着话，无声而笑。他穿着优衣库的深棕色摇粒绒夹克，身材仍同往昔般瘦削。不过肌肉萎缩了，手脚相比以前变细了，一点都不好看，百合子想。秀人原本就和魁梧不搭边。

"看，这是香奈上小学二年级时，在运动会上跑接力赛最后一棒时拍的吧？拍得真好啊，和那种看着镜头比剪刀手的照片完全不一样，很好地表现出了香奈拼命努力的劲头儿。"

"她最后被这个孩子赶超过去，还哭了呢。"百合子指着照片边缘的香奈，笑着说道。真是一张可爱的哭脸。

她那时远远看到老师抚摸香奈的头安慰香奈。百合子记得，那个时候她清楚地懂得，即便女儿哭了，父母也不可以一直陪在她身边。

"这是阳光啊。"

秀人自顾自地往后翻相册。

———————————

① 每年的十一月十五日是日本的七五三节。这天，日本三岁、五岁男孩和三岁、七岁女孩，都会穿上传统和服，跟父母到神社祈福，祈求身体健康、发育顺利。回家的时候，一家人多半还会绕到照相馆，拍一套全家福纪念照。

"嗯，我们去了中禅寺湖。夏芽也在，哥哥拍了这张照片。"

"是举办世界杯那年吧，这是日本队的制服吧？"

"贝克汉姆来了呢。"

"那时稻本还活跃在一线呢。"

"教练是谁来着？"

"特鲁西埃。"

"对、对、对，感觉还像这阵子发生的事，实际上都过去差不多二十年了。"

"我那会儿四十二岁上下吧，当时还在练马分行上班。"

"啊，那我是三十七岁了。这个发型怎么回事？前后一般齐，我都忘了。"

"是在模仿饭岛直子吧。"

"嗯，饭岛直子？为什么模仿她？"

"我记得你那时痴迷她演的电视剧还是什么的。"

痴迷电视剧里的饭岛直子？百合子一点印象都没了。

"你就记得这些奇奇怪怪的。"

"怎么就奇奇怪怪了？我就是记性比较好罢了。"

这么说起来，确实如此。

"夏芽那时在玩口袋妖怪。"

"对。她当时一心沉迷玩游戏，哥哥担心得很。香奈那时也惹人生气，但现在也踏踏实实地工作了。"

"跑得快对工作也没什么用。"

"是啊。她除了这个也没别的长处了。学习不好，音痴，又不擅长画画，总算还是上了大学。找工作，笔试也都没过，一个入职机会都没得到。愿意雇她当兼职的也就只有现在这家事务所。话说回来，她是怎么想到去做摄影师的呢？"

"还是我给她买的数码相机呢！你记得吗？就那一次，她因为我买的礼物高兴得跟什么似的。说起来，从那时候起，她就开始用电脑打印数码相机拍的照片了。总是一个劲儿地拍些花花草草。"

是这样吗？百合子不由得深深凝视秀人的侧脸。秀人看着香奈在成人仪式和毕业典礼上拍的照片，开口问："租衣服多少钱？"

"成人仪式那场包含拍照，提前一年多就预约了，花了二十五万日元吧。毕业典礼那场不含拍照，大概五万日元。接下来就该是婚礼了吧。"

"她才三十岁，不想结婚也没关系吧。"

"老公，你庆幸和我结了婚吗？"

"怎么，想离婚了？"秀人一下子就坐直了身体。

百合子险些喷笑，答道："我可没那么说。"

"我只是在想，你是怎么看待和我结婚这件事的呢？"

"我觉得很好啊！"

"真的？哪里好？"

"你干吗突然这么问我？我一下子答不上来。"

"会吗？"

"哎呀，给点时间，让我想想。"

不是说自己记性很好吗？百合子的兴致瞬间减淡，关注点再次回到相册。咦，这张照片怎么回事？百合子的目光停在一张照片上。那是一张抓拍她侧脸的照片，夹杂在一堆花朵的照片里。

"这是谁拍的？"

"哦，我拍的。"

"啊，什么时候拍的？"

"保密。"

"什么嘛。"

"照片是我放进去的。打印出来的照片，你看都不看一眼啊？！"

百合子本想说"才没有"，但细细一想，自从香奈上了初中以后，她确实渐渐对照片失去了兴趣。那会儿哪有工夫看照片，光是关注香奈起伏不定的精神状态就够她受的了。

"我是在生气吗？"

"啊，香奈对你说'你这老太婆烦死了'，之后你就露出这个表情。"秀人说着哈哈大笑，"老太婆还算不上吧。"

"我没印象了。"

"是周六还是周日上午来着，香奈一直不起床，你就去叫她，结果被她狂赶出房间，然后她就隔着门大吼大叫，说'你这老太婆烦死了'。你就蔫头耷脑地来到阳台附近，轻手轻脚地坐下来。"

嘴上说保密，秀人却还是道出了照片背后的故事。他真是个话不过心的人，百合子想着，反问秀人："那个时候你在拍照？"

"没有，我在看相机监视器，检查照片拍出来的效果。你正好在那个时候走过来，我觉得你的侧脸挺好看的，就下意识地按了快门。"

百合子入迷地看着照片。这过去了得有十年，不，十五年了吧！照片里是四十多岁的母亲的疲惫面容，但却比现在的自己年轻许多，看上去素面朝天，怒气翻涌。曾经她心里的祈愿比现在简单得多，那就是希望香奈过得开心。

"我总是一门心思地扑在香奈身上。"

"香奈享你的福啊，所以在家过得舒服。"

"你呢，你过得舒服吗？"

"这个嘛？"

"什么意思，不舒服吗？因为有个又可怕又肥胖的老婆？因为没住上带院子的独栋房子？"

"是啊，没有住上带院子的独栋房子。"秀人说着站起身，笑道，"又可怕又肥胖的老婆还挺好的。"

"非要说这种找骂的话吗？"

秀人走向阳台，折返回身："因为出过轨，我才明白你有多好。"

"其实不管是结婚那会儿，还是你尽心尽力带孩子那会儿，我当时都没有真正懂得你的好。无论面对什么，遇到什么，我总是想，没什么大不了的。不，是心里想着没什么大不了，然后得过且过，这就是我的生存哲学。嗯，没什么大不了的。"

　　百合子心不在焉地听秀人说话，大脑的一角在思考中午有什么菜可做。暖气起了作用，拜厚毛衣所赐，她整个人暖烘烘的，昏昏欲睡。怎么说起了出轨的事？真是个笨头笨脑的男人。算了，没什么大不了的。啊，我也是这么想的，没什么大不了的。

　　"这种'没什么大不了'的念头，因为一点小事就轻易地崩塌了。出轨的暴露，自暴自弃的想法占据大脑的时候，我突然留意到了一些东西：一尘不染的房间角落，洗脸池上总是整洁干燥的毛巾，雪白的枕套，熨烫好的手帕。这些没什么大不了的，却都是无可取代的证据，证明你的心里充满了对家人的爱。"

　　性骚扰。

　　百合子似乎听到了香奈的声音。

　　我爱干净，和爱没有半点关系。百合子想，如今才知道秀人错误地从哪些地方看到了我的存在价值，就算他判断错误，总比不感谢我要强一些吧。

　　年轻时，秀人的男性朋友曾用"给他这样的男人当老婆真是可惜了"的说法夸赞百合子，她现在感受到了和那个时候如出一辙的焦躁。她不知道要怎么改变那些把女人当傻子还浑然不知的人。

年轻的时候什么都不懂，听着秀人的告白，被他紧抱在怀里说"我要给你幸福，所以我想让你辞掉工作"。哪怕说这话的是秀人，百合子都觉得他很有男子气概。她本来也没想继续工作，还打算至少要生三个孩子。除了家庭主妇，没想过自己还能成为什么样的人。其实自己很适合当家庭主妇，百合子想。处理没完没了的家务，自己也没觉得有别人说的那么苦，不，倒不如说自己喜欢做家务。这和爱有什么关系呢？

"因为家里总是干干净净的，你就觉得和我结婚挺好的？"百合子轻柔地问。她想，秀人肯定不会生气的。

"怎么了，你有什么不满意的？"

秀人站在稍远一些的地方，声音里似乎蕴含着悲伤。百合子感到不可思议，她都那么温柔了，秀人还这样，于是回道："我又没说不满意。"

"你脸上还在生气。"

怎么这样？这简直像窥视母亲神色的儿子一样。百合子忽然想起一个著名作家写的一句话——丈夫最怕妻子不高兴。那本书真有意思啊！上面说男人通过婚姻，得到了一个可以随时与之做爱的对象。百合子如今在想，就为这个，男人得背上多么沉重的负担啊！

恋爱确实是抵达做爱的路径，男女双方在一次次做爱中加深爱意。男人的脚步到此为止，而等在女人前方的还有怀孕、生子、育儿，爱情的甜美味道被这些事情消耗殆尽。等女人疲于育儿，想以做爱疗愈身心时，丈夫往往已经对妻子失去了兴趣。

除去肉体关系，夫妻间剩下的就是现实与精神上的联系了。

现实即经济与生活。谁赚钱，谁管衣食住行、操持家务。每项任务都要付出相应的精力与时间，然而不觉间岁月已经流逝。回过神时，双方已对彼此感到厌倦。为什么会厌倦呢？因为魅力已然消散不见。

那种了解越多就越有深度的人，即便长久待在一起也不会腻烦吧！然而百合子自己也好，丈夫秀人也罢，都只是平凡的人，早已将彼此看得清清楚楚。

百合子漫无边际地想，人上了年纪就会有韵味，但她总感觉自己和丈夫都没能成为那种有韵味的人。其实，这并非只是感觉。日复一日挣扎求生，疲惫的他们，早已寂静无声地倒在大地之上。百合子近来总是无法从这种可怜的想象中逃开。她在心里的某个角落想着，作为他们的女儿，香奈不可能成为什么了不起的人物，也不可能和哪个大人物结婚。她从心底里感到这样的想法是多么可悲。

"所以说，只要结婚就行了呗。"夏芽冷不防地站起身大声说道。

"不要那么激动。"百合子出声抚慰。坐在一旁的哥哥正吾板着个脸，一言不发。

被正吾硬拉过来的夏芽，照旧穿着洗褪色的牛仔裤和穿旧的卫衣，不过乱蓬蓬的娃娃头已经剪短，换了个带细卷的时尚发型，脸上还化了淡妆，比之前更显漂亮了。

"您想说的不就是这个？和已婚男恋爱不行，结婚就没问题。什么爱不爱的，一点价值都没有，最重要的是不能受别人的白眼。"

"夏芽，坐下。你冷静一点好吗？"

百合子说完站起身，拉着夏芽坐到沙发上。这时香奈端着咖啡走过来，还带上了正吾当作特产拿来的泡芙。"看起来很好吃呢。"香奈说着，把杯盘逐一放到大家面前。

"结婚就行了？你说得简单，那个人只要不离婚，这就是没影的事。谁都不知道你们究竟有没有结婚的可能，这才是我要说的。"

"他都说了会离婚的。"

香奈饶有兴致地看着立刻还嘴的夏芽，大口大口地吃着泡芙。"很好吃哦！"她打断了父女二人的谈话。

"说离婚不等于真的离婚吧？"

正吾寻求百合子的支持。

"嗯，是啊。离婚不是单方面的事。"

百合子姑且声援了一下哥哥，身旁的秀人沉默不语。

"要我说啊，论起输赢，还是夏芽赢了。"香奈站在夏芽一边，"难道不是吗？结婚还是婚外恋的有什么关系，反正被爱的那个是夏芽。"

谁知道呢，那个男的可能只是一时兴起，到时候还是会回到妻子身边。百合子想着，咬了口泡芙说："哎呀，真好吃。"

　　这会儿应该让有过出轨经历的秀人说点什么，但不合适，百合子不知怎么感到有些好笑，她试探着表达自己的想法："还是不要把男人说的话都当真吧。"

　　"姑姑，你这是什么意思啊？"夏芽逼问道。

　　"男人这种生物啊，会为了讨女人欢心说些不负责任的话。"

　　"对、对，就是这样，男人会说些应付场面的话。"

　　香奈的话音刚落，夏芽的脸色迅速阴沉下来，不安地问："真的吗？"

　　"这个嘛，要看人。"香奈冷淡地甩出一句话。

　　"香奈，你再说清楚点。"

　　"舅舅直接和那男人见个面不就行了。"

　　"不可能！我绝不见他。"

　　"可总得看看那个男人是不是真心的啊！"

　　"姑姑，你说的什么话啊！他都离家出走了。现在就是他老婆不同意离婚而已，他自己已经下定决心了。"

　　"夏芽，你真是好福气啊！这下抓住了优质男，用不着操心生计了。"

　　"我和他在一起又不是为了钱。"

　　"是啊，香奈。舅舅在这一点上还是相信夏芽的。"

“什么嘛，舅舅真是个护女狂魔。”

“香奈，注意你的言辞。”

百合子还是第一次看到正吾这么可怜的样子。她来回观望变漂亮的夏芽和毫无改变的香奈，心中暗道，夏芽赢了。陷入热恋的夏芽仿佛被什么东西附了身，散发出耀眼的光彩。我也曾经是这个样子吗？百合子试图回溯记忆，却不大能回忆起来。

夏芽的母亲要是还在的话，会说些什么呢？可怜的裕子，早早就撒手人寰。想到这里，眼前的光景突然勾起百合子的爱怜之心，令她茫然无措。夏芽怒气冲冲，正吾愤愤不平，香奈居高临下地点评男人，秀人打定主意沉默到底。即便如此，一家人终究还是聚在一起拼命想办法，劲在往一处使。百合子想：这不就是幸福吗？结婚的意义就在于此啊！可这些东西却不能很好地用语言表达出来，她为此万分沮丧。

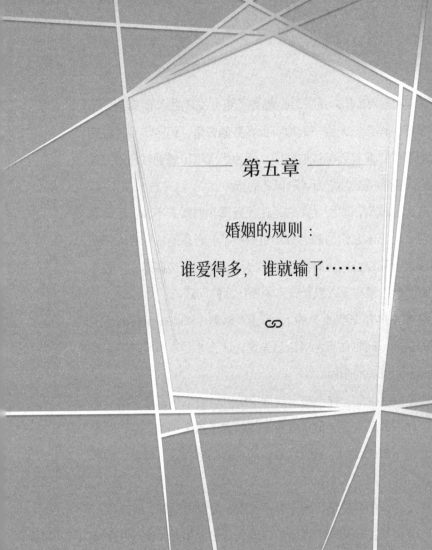

—— 第五章 ——

婚姻的规则：

谁爱得多，谁就输了······

co

往年一到 12 月，几乎每晚都有《第九交响曲》演奏会。为了写乐评，梓会一天接一天地听贝多芬的音乐，但今年受传染病流行的影响，演奏会都被迫取消。因为病毒很可能通过唾液飞沫传播，大合唱便被判定为风险极高的行为。

演奏会减少，取而代之的是在线直播和网播。不同音乐的混搭出现了，艺术家们的联名合作也变多了。音乐圈的所有人都在共同探索听到或让他人听到音乐的办法，他们一边探索，一边不得不直面什么是音乐，以及音乐能做什么的问题。

没有《第九交响曲》的 12 月让人感到冷清，梓审视着冷清之下的东西，同时在思考对自己来说，什么才是不可或缺的，对她来说不可或缺的东西。

要是放在以前，梓会毫不犹豫地给出"音乐"这个答案。然而，对如今的她来说，似乎唯有一辉的妻子这个地位，不，这个头衔才是不可或缺的。她时常迫切地希望回到成为一辉妻子的那一刻。

梓没去音乐会现场，她穿着居家服，坐到电脑前，连上网，眼睛盯着屏幕，耳朵倾听经由蓝牙流入音箱的乐曲，然而心中凌乱无序地涌现出一辉那天说的话。

"你觉得作曲家应该是什么样子的？"

"要和谁一样才能称得上成功呢？"

"我现在算成功还是失败？"

"音乐能变成钱吗？"

她一个都没答好。问题不仅限于此。

"果然还是一场无谓的谈话。"

"我好像对你有些误解。"

"你要让我觉得自己没有价值，你在心里蔑视我，却又实打实地接受我给你带来的好处。"

"我想重新活一次。这次和她一起，而不是和你。"

一辉连连说出她未曾意料的话语，让梓心神动荡，当时她在震惊之余连话都说不出来。懊恼的同时，她被迫看到一辉陌生的一面，更是大受冲击。但梓哭了，不是因为无言以对、懊恼不甘，而是因为没能从一辉眼中看到分毫过去他们之间曾有过的温情。他的眼神悲伤，似乎还含着怜悯。

自那之后，梓再也没能和一辉说上话。一辉换了电话号码。

就因为一辉变心，此前的所有积累和描绘的未来全被轻轻巧巧地连根拔起，然后消失殆尽，而梓的内心还没有适应这种转变。说起来，这好像是挺简单的一件事，而一旦真的发生在自己身上，恐惧便淹没了她。

每当天色亮起，梓都会不知所措。那些构成婚姻生活的小细节，像是两人份的咖啡。脱下来丢在一边的鞋，叠好的衣服，丈夫存在的气息……一切的一切都消失了。与一辉相关的所有，记忆也好，人际关系也好，她已触不可及，这样的感觉令梓痛苦万分。既然结婚是两个人的事，那一辉也该经历同样的情感波动才对。然而，即便失去了梓以及与梓相关的一切，他依然能够安之若素。失去其实是无所谓的，但这意味着她没有了价值。被最亲近的人如此否定，梓的痛苦越发加深。

她心绪悲戚，试图搜罗剩下的东西。她剩下的唯有音乐，音乐与一辉又有着斩不断的联系。梓厌恶自己一听音乐就会想到一辉的脑回路，但她又离不开音乐。朋友们要么劝她回家，要么劝她早日整理好心情。无论怎么选，这似乎都意味着她得一切从零开始，这让梓无法从内心的无力感中挣脱出来。

"真大啊。"

穿着哥白林织锦暗纹外套的理比人造访了梓居住的公寓。他脱下外套，露出里面鲜艳的芥末色高领衫和破洞牛仔裤，稀奇地打量起房子来。

梓一直在思考一辉的问题，她想听听作曲家的意见，又不认识别的人，便时常给理比人发短信。"遇到什么事了吗？我可以陪你聊聊。"理比人带着居高临下意味的话非但没让梓动怒，反而令她感觉找到了依靠，梓便顺势请他过来了。

"那家伙在哪儿？"

宣称自己就是冻死也要喝冰咖啡的理比人自备了黑咖啡，摘下口罩就喝了一大口，随后把装咖啡的塑料瓶放到桌上，笑着且语气轻松随意地说："原来他丢下你走了啊！"

见梓沉默不语，理比人目不转睛地盯着她："我就说嘛，你和他怎么可能有事没事就讨论什么叫音乐、作曲家应该怎么样之类的问题。这种刨根问底的话题不到最后一刻都说不出口。你们在谈离婚的事了？"

梓叹了口气，"嗯"了一声。

"嗯，你没再夸他，别的人代替你夸他去了。就这么简单。"

理比人说完就窃笑。

"有什么好笑的？"

"诚实是你的长处，你就是做做样子也夸不出口。尽管只靠自己的直觉写乐评，你还是能保住自己评论家的位置，可能就是因为这个品质值得信赖吧。"

"你是在夸我还是贬我？"

"只是陈述事实而已。我就是觉得好笑。夸不出口的你也好笑，别扭的他也好笑。"

狂妄又讨人厌的家伙！梓惊奇地发现和理比人聊天时自己的心情很放松，完全不同于和一辉的对话。她忽然间忘怀了已失去一切的绝望。

"那你一个人每天都做些什么呢？"

话题转移，梓松了口气。她想，理比人很擅长掌控话题。

"上网听音乐直播。"梓答道。

"在工作啊，发现什么好东西了吗？"

"有个策划，是用两台钢琴和少数合唱人员奏唱《第九交响曲》的第四乐章。恩田孝二和日比野纯弹奏钢琴，独唱者都是民谣歌手，歌词是日语，挺有意思的。"

说出"挺有意思"的一刻，梓再次意识到这真的很有意思，音乐不知何时将她包围其中。

"啊，我也看了。该说看还是听呢？不管怎么样，我很激动，想着必须有所表示，还点了打赏呢。"

"打赏！我也点了。真的很有意思啊！我深有感触，只有线上直播才做得了这个。那场演奏会和李斯特的编曲稍微有点不一样，挺不错的。"

"嗯，我查了一下，编曲是艺大的前辈。微调了和弦的，很不错。"

"河本广见的爵士版《第九交响曲》也很好听。他钢琴弹得很好。"

话头一起，他们便停不下来了。

"这个我没看过。应该有资源吧？我得欣赏欣赏。你看过三台钢琴合奏，九人合唱的钢琴大师版《第九交响曲》演奏会吗？"

"看了，看了。那版也很棒。付费留言就没停过。"

"《第九交响曲》的第四乐章真了不起啊。贝多芬诞辰二百五十周年了吧，还有这么多人被《第九交响曲》吸引，尝试自己做改编。我的创作欲望也受了激发。真是不可思议的乐曲，不，伟大的乐曲。"

"我现在也常常有这个感悟。"

"你喜欢《第九交响曲》吗？"

"喜欢。有什么不对吗？"

"总感觉和影山一辉联系不到一起去。不，还是有联系的吧。"

"有联系？"

"嗯，都一样受普通人欢迎。"

"倒是可以这么说。"梓回道。她想："我就是普通人，和有才华的一辉、理比人不同，我不过就是个普通人。所以我只能仰慕一辉，而将仰慕对象理想化是人之常情。一辉不明白这点，最终为了那个称赞他、令他受用的女人，将我抛到了一边。或许，是渴望获得认同的欲望造成了如今的局面，和爱不爱没有关系。"

"你在写曲子吗？"

梓收拾好心情，学着理比人，转换了话题。

"哦，忙着做兼职。因为传染病流行，手上的工作一个个都没了，最后去了便利店打工，还是上的夜班。熬夜没问题，但深夜还要工作就很痛苦了。白天犯困，什么都做不了。但和一年前比起来，现在绝对轻松多了。黎明前的东京，似乎什么都挤在里面，特别是传染病暴发以后。"

梓突然想起了《水泥海洋》。

"啊，你在想那首曲子吧。最开始的奇妙杂音，C短调也很好。弦乐独奏的不谐和音营造出的不安，还有一种不知即将发生什么的、不可思议的紧张感，这样的开场我可真喜欢啊。"

梓很久没听其他人点评一辉的作品了，心情转为苦涩。她那么喜欢一辉，打从心底想为创作出如此精彩作品的一辉做些什么。她一直认为自己所做的一切都是为了一辉，相信那就是爱，相信自己是爱一辉的。

"被他吸引也可以理解。"理比人冒出这么一句话。

"你喜欢他哪里？"

此时再次被问及梓一直懵懂思索的问题，她没有开口。

"除了那首曲子以外。"理比人接上一句，让梓有了点回话的冲动。

"其他的曲子我也喜欢啊，大家都尊重能够创作出那些曲子的一辉。"

"我也尊重他啊。我要问的不是这个。"

"音乐是他的唯一，我喜欢他这个地方。"

"坂东香织说了，他对红酒很有研究。"

"他能听到别人听不到的声音，那可是我们这些人怎么都听不到的声音。"

"或许是吧。"

"不过，看到他写出《不知何时看到的天空》这种大众曲目，我松了口气。虽然他自己不欣赏，我却很喜欢这首曲子。我是个外行，也就比别人稍微会弹钢琴一点，像那样和弦编得简单，AB 调反反复复，然后 C 调，变调后进入高潮，最后消掉不谐和音，平静结束的曲子就很适合我。"

"你怎么了？这不像是你会说的话。"

"我是 Mr.Children 的狂热粉丝，SMAP 我也喜欢①。"

"没想到啊。"

"他不知道这个，所以才会觉得我看不起他。"

"谁？影山？"

"嗯。"梓点点头。

"事情开始变复杂了。"理比人看起来很兴奋。

"你在高兴什么啊？"

"哎呀，那就应该是这样，你很尊重他！不管为什么，反正你就是喜欢他创作的复杂难懂的乐曲。这些都毋庸置疑。然而，你本质上是个流行乐迷，通俗音乐才迎合你的口味。你也知道大众接受度高的音乐是什么样的，因此，你才觉得他那些复杂难懂的曲子不会受欢迎。于是你就巧妙地让他接一些创作大众曲目的工作，把他推到大众跟前。然而他很不情愿，并不引以为豪。他

---

① 　Mr.Children、SMAP 均为日本流行乐乐队。

甚至不知道你其实很中意那些工作，以为你看不起他。但你呢，不想被他当成无趣的俗人，于是没法说真话。"

理比人嘿嘿地笑。

"很傻吧！可我为了配得上他，一直在努力朝他靠近。为了理解他说的话，拼命竖起耳朵听，和他聊天时字斟句酌，然而他根本没注意到这些。"

"这真的是爱吗？"

"什么意思？"

"你只是想打造影山一辉这个品牌罢了，不是吗？"

"品牌？"

"你不是成功了吗？他现在是个出色的品牌。"

"我没盼着他成名，不过是想着要做喜欢的事，就得有能让自己不为生活所困的收入。"

"我懂。手头拮据的话，就做不了自己想做的事。"

"是吧？"

"嘿嘿，天真。"理比人笑了，"根本没这回事。"

"啊？"

"没这回事。只要真心喜欢，什么都干得下去，音乐尤其如此。"

"贫穷可是很难熬的。"

"你有过过穷日子吗？"

"我们刚结婚的时候就很穷啊！"

"穷到连饭都吃不起吗？"

"我也在工作，还不至于到那个地步，但是日子过得紧巴巴的。"

"为什么这样就过不下去呢？"

"还问为什么，要是每天都为钱的事着急上火，哪里能创作出好音乐？"

"没这回事！"

"什么？"梓看了一眼理比人。

"没这回事。我那首被你夸奖的曲子就是在穷困潦倒的时候写出来的。那是去年冬天，我付不起电费、燃气费，在家都穿着羽绒服。这和有没有钱真的没关系。"

梓不知该说什么才好，沉默地盯着理比人的脸。她怎么都感觉不出理比人是在开玩笑。有没有钱真的没关系，是这样吗？

"手上没钱，着急上火的难道不是你吗？"

"怎么连你也这样？！你的意思是我是为了自己才让他去赚钱的吗？怎么可能？！"

"干吗生这么大气？女人想让老公赚钱不是很正常？"

"在我母亲那一辈正常，现在不是。再说我也有好好工作。"

"算是吧。你是个有能力的经纪人。"

"都过去了。现在他什么都能亲力亲为了。"

"原来如此。"

"你指什么?"

"看来是养育的孩子长大成人,你跟他闹起别扭了。"

梓无言以对。养育的孩子长大成人,自己跟他闹起别扭了?没这回事,怎么可能?!

"被我说中了吧。并且他还学到了你身上讨人厌的地方。"

"你凭什么自以为是? 二十一岁的小毛孩别装得好像很懂一样。"

"这位阿姨,是你自己要向二十一岁的小毛孩求助的哦!"

"你比我想的更⋯⋯怎么说呢⋯⋯"

"更懂? 是啊,我毕竟是他的粉丝。有关你们俩的事我大体都知道。更何况我只是粉丝,说我不负责任也好,总之,我可以随心所欲地表达我的想法。而且,我爱过他,也正爱着他。你总把爱挂在嘴边,可你的爱没有起到任何决定性的作用。"

"为什么? 爱应该比任何东西都要强大啊!"

"哦,真正的爱确实如此。可你的爱只是混杂了占有欲的自我满足。"

"才不是! 他是我活着的意义。"

"那你为什么不生孩子呢?"

"什么?"突如其来的问题令梓不知所措。

她小声回答说:"生孩子会影响他的工作。他自己也说过不擅长与孩子相处。"

"不,你是不希望孩子抢走他的爱。"

梓沉默了一瞬。他看透自己了，梓想。尽管自己先前并未发觉，但梓觉得理比人说得没错。她随之下意识地感到愤怒，凭什么要听这个家伙说这种话啊？！

"你说谁呢？说得好像你参与了全程似的。"

梓强势回击，这次沉默的一方换成了理比人。

每晚都上网看 12 月演奏会直播的梓，在听到所有人都齐声说希望通过《第九交响曲》被给予希望与生活下去的力量时，不知为何，觉得奇怪。不只《第九交响曲》，各种小型线上演奏会正式开始前也会讲两句，诸如"希望尽量抚慰大家的内心""祝愿早日恢复正常生活"等。尽管感觉奇怪，但一听到这些开场白，梓的心总会为之一振，比任何时候听这首曲子都更受震动。

有点熟悉，以前也发生过类似的事情，梓想。

而后，她回想起来，上次是在上野听的那场演奏会。祖宾·梅塔做指挥，NHK 交响乐团演奏了《第九交响曲》。她还想起了那场激动人心的音乐会结束后，回家途中一辉说的话。

"今天，我感受到了音乐的可怕。然而，比起音乐，人更可怕。"

现在，梓终于弄懂了话里的意思。

音乐时常，不，是基本上都戳中了人的弱点。因为人会将抽象的音乐与现实结合，赋予音乐故事性。不只听觉，故事性还会诉诸人的视觉，人们由此会看到音乐里的风景——随同音乐流淌而出的故事与景色。这如同以自身力量引出了音乐力量的演奏家的下意识本能。这便是一辉感觉可怕的地方吧。

梓终于明白了一辉当时的感受。人在共同经历感动时会得到强烈的快感，为此，就连不幸也成了可供利用的对象。

为什么先前没有察觉这点呢？明明身边就有个作曲家，我却只从他那里得到了有助于撰写乐评的只言片语，没有学到真正重要的东西。不，会不会是自己没有察觉他的教导呢？一辉不是在只有我们两个人的时候说了这句话吗？是我没有上心。为什么没记住这句话呢？我应该记住并写下来的。

疑问一个接一个浮现。梓忽然想到，如果没结婚的话，自己说不定会更加清楚地记得一辉说过的话。

没结婚的话……从未想过的假设令梓困惑无措，却又吸引她继续思考下去。

如果没和一辉结婚，两人的关系会是什么样的呢？不拥有任何权利，只有爱，自己能坚持到什么地步呢？梓开始自己的想象：如果一辉愿意的话，自己每天都会去见他，一次次拥抱、亲吻、爱抚、上床，然后怀孕。自己会生下孩子吗？不，大概不会吧。为了追逐一辉，自己没空养育孩子。渐渐地，人们留意到一辉的才华，《水泥海洋》将在电视上演奏播放。哪怕没结婚，自己也会买衬衫，带他去美容院。他会红吗？红了以后，女粉丝变多，身边或许就有其他人。他可能会喜欢上其中某个人。那个人比自己漂亮，又或者很有钱。如此一来，一辉将离自己而去，从自己眼前消失。

归根结底，自己担心的无非不知何时便会失去他的爱。或许理比人说得没错，"你的爱只是混杂了占有欲的自我满足"。

可这难道不是爱吗？爱一个人，自然就想独占对方。希望对方也如自己爱他一般爱着自己，这有什么不可以的？

还是说，自己应该克制自己的爱，在一辉身边旁观他的幸福呢？只当他的粉丝或朋友，这样就不会失去他了？

但这样，自己也不会得到任何东西。

得到？自己究竟想得到什么？一定得到什么才会满意吗？梓想。

不过是爱与被爱罢了。与喜欢的人变得亲密，片刻都不愿分离。幸福洋溢的新婚时期就是这样。但不愿分离的想法是由独占欲与性欲所致，并非自己向往的爱的真实面貌。因为一旦过了某个时期，不愿分离的想法便会消退，两人开始寻求更加舒适的相处状态。大家会自由出入"巢穴"。正因时而分离，再见时才更觉珍惜。如果说到那个时候，除去独占欲与性欲，剩下来的才是爱。那爱究竟是什么呢？

所谓爱，即出现了比自己更加重要的人。认可、尊重对方……想到这里，梓感到不安，自己身上真有一辉值得尊重的地方吗？说到底，一辉爱自己哪里呢？无条件认同他崇拜的目光吗？还是如同小狗般柔顺，笑眯眯地跟在他身后呢？

没有一辉的房子，总显得冰冷。为了给他做宣传，她那么费心费力。思绪碰壁，她怎么都想不通。

如果冷静下来仔细想想，梓明明就能发现一辉或许并不爱自己这件事。但她的精力都放在让一辉按自己的意愿行事上，并欣喜于一辉没有表现出反感，于是她便认定一辉爱她。实际上哪有按自己的意愿这回事。一辉不过是在给定的条件中完成工作罢了。况且完成工作的是他，不是梓。

梓的目光投向腕上的手镯。

得不到拥抱的时候，她不畏惧孤独，不可抑制地爱着一辉的音乐、本人，以及生活方式。可自己爱的或许是有能力买下这个手镯的财富自由的生活。她被"成功"一词无可抗拒的魅力控制，认定那就是爱的成果。

如果朝着成为值得被爱的自己这一目标不断成长，那她或许就能得到积攒不下的回忆与十足的安心，还有坚定且无穷尽的爱，可现在……

自己竟事到如今才明白吗？不，如果那个人没说离婚，自己可能还毫无察觉，只知道单方面倾吐不满。

即便努力得出了过得去的结论，摆在梓面前的依然是冰冷的现实。一辉将两人间的龃龉归结在梓身上，要通过换另一个伴侣来解决问题。他的生活里不再有梓，梓的爱没有成为决胜的王牌。

"怎么办？那个女人说想和我见面。"

梓不知道可以打给谁，最后联系了理比人。

"你和我说这个干吗啊？"

"我……"

"你没朋友吗？"

"有是有，可都是圈内人，肯定会站在一辉那边的。再说还有可能走漏风声，被周刊知道。"

"我可能也会爆料哦！"

"你不会做那种事的。"

"看来我又厉害，又值得信赖啊！"

理比人的声音里透出愉悦，梓能听出来。她感觉，只有在这个年轻人面前，才能说出真实想法的自己挺可怜的，却忍不住想依赖他。

"我应该和她见面吗？"

"见了面做什么呢？"

"告诉她，我才适合当一辉的妻子。"

"挺有气势的嘛，但你这不是在逞强？"

其实梓根本没勇气说出这句话，这么想着，她郁闷的心情渐渐缓解。理比人是个不可思议的人。梓仍将手机放在耳边，眼睛盯着一直没关的电脑显示器。

"我刚刚一直在听 T 交响乐团演奏的《第九交响曲》，网上有录播。"她转了话题，想让自己平静下来。

"啊，我也听了。"理比人紧紧跟上她的步调。

"我啊，第一次被《第九交响曲》打动是在看 EVA 的时候。"

"EVA？"

"嗯，《新世纪福音战士》。最后一个使徒出现的时候，配的是《第九交响曲》。"

"这样啊……"

"但这种事我没法对一辉说出口，听起来太可笑了。再说他对贝多芬也没兴趣。我这样隐藏自己的真实面目，是想借此得到他的爱，真是自私啊！"

"体验古典音乐的机会不是有很多吗？像理查德·施特劳斯的《查拉图斯特拉如是说》，大众都只当作电影的《2001 太空漫游》，里面都有。这有什么不好意思的？反倒是把注意力放在背景音乐上的人才不正常。再说，你已经很努力了啊！大家都知道，影山一辉是靠着妻子梓的支持才出名的。"

"梓小姐能来真是太好了，影山老师是出了名的沉默寡言。"梓都不知道听过这种话多少次了。可一切都过去了，是的，都过去了。

"要是如你所说，他就算没钱也能写出很好的作品，那我所做的一切就没有任何意义。"

"你要这么说，我就无话可说了。"

"一辉只喜欢用崇拜的眼神凝望他的女人。"

说这种话就显得过于没品位，应该没这个可能。

"那你作为他的妻子，接下来打算怎么办呢？"

"自力更生。为了和他站在对等的位置上，我要自己赚钱，尊重他选择的生活方式。"

说这种假惺惺的话，让梓不由得面红耳赤。做到这点并不简单，要能做到，自己早就付诸行动了。不，自己只是没往那方面想过，真的做起来，应该还是可以做到的。

电话那头的理比人呵呵地笑。

"真是个了不起的决定。不过他配不配得上这么了不起的爱，我就不知道了。"

"什么意思？"

"那家伙到底值不值得爱，你应该也有所察觉了吧？他不谈自己如何，以为换个人，一切就能迎刃而解。"

梓沉默了。这个男孩为什么能如此直率尖锐地点出问题所在呢？比起和一辉的回忆，理比人的话开始在她心里留下更为深刻的印记。

"只要有爱，两个人就能永远幸福地生活下去吗？不，爱可没那么简单。"

理比人仿佛一个大彻大悟的老者。

"你懂什么爱？不过是个二十一岁的小孩罢了。"

"懂不懂爱，这和年龄无关。感觉迷茫的时候，你可以问问自己的心，换到对方的立场上，你是不是也能爱自己。"

这是 12 月里的一个暖和日子。

阳光透过走廊西边的窗户缓缓照进来，把女人的头发染成了红褐色。另一个跟着一起来的，看着像是女人母亲的人解释说，"我不是她的母亲，而是姑姑"。

"这孩子的母亲很早之前就去世了，我想着多个人在场比你们俩单独聊更好，就跟着一起来了。"她接着颔首，"我叫饭田百合子，这是我侄女篠崎夏芽。"

梓也自报家门，随后说了句"请进"，就让两人走了进去。

脱下藏蓝色粗呢短大衣的夏芽仍如上次见面时一般，穿着灰色卫衣和牛仔裤，不过今天的她化了淡妆，嘴唇圆润，唇上还亮晶晶的，好像涂了粉色唇釉。

梓带着她们来到客厅，端来准备好的咖啡。夏芽依然直愣愣地站着，突然说了一句"请和影山一辉离婚吧"，说完就低下了头。

"哎呀，夏芽，你这冷不丁地说什么呢？！真是的！"坐下的百合子也慌忙起身。梓独自坐在沙发上看着眼前的一幕。对方大概压根儿没有谈判的意思。在百合子的催促下，低头站立的夏芽不情不愿地在沙发上坐下。她抬起头，径直回望梓，随即说："我们彼此相爱。"梓仿佛看到了刺眼的东西一般眯起眼睛。

"我们命中注定要遇到彼此。早在十年前，我就被老师创作的魔法音效俘获。我说的是游戏。《魔法师帕尔》，你应该知道吧？听到帕尔使用魔法时出现的声音，我总是能立刻恢复元气。

我完全没想到自己竟然真的能遇到背后那位创作者，但现实里就是遇到了，我还教老师玩游戏。"

"老师特别沉迷游戏，与我意趣相投。他每次听各种游戏音乐的时候，都会列举出古典音乐作曲家的名字，解释给我听，说这个和谁的风格比较接近，那个借鉴了谁的作品。不愧是上了电视的人，就连我这种不懂音乐的外行人都觉得他的解析很好懂。和他聊音乐很有意思。我说，我对古典音乐一窍不通，不过也知道贝多芬的《第九交响曲》。老师就对我说，那首曲子真的很棒，特别厉害。还有……"

"等等，"梓下意识地发话了，"你刚刚说什么？"

"我说，我对古典音乐一窍不通。"

"再往后。"

"我知道《第九交响曲》。"

"再往后。"

"那首曲子真的很棒，特别厉害。"

"他真这么说吗？"

"嗯。"

夏芽讶异地看了看再度沉默不语的梓。

梓大受冲击，夏芽毫不犹豫地说出了自己说不出口的话。一辉的回答也让她始料未及。夏芽继续先前的话题。

"老师虽然是个了不起的作曲家，但完全没有架子，平易近人。我现在叫他阿辉。他叫'kazuki'，但我误以为念'iki'，就自己给他起了这个昵称。就算知道是我弄错了，阿辉也说，这样叫没关系。对了，他最近在努力学习用免费的音乐软件作曲，还把作品传到视频网站上，现在稍微有点热度了。"

"是用影山一辉的名头吗？"

"怎么可能？摆出这个名字，他做这些就没有意义了。我给他注册的账号叫 NATSUME。因为是免费软件，就算叠加再多音，一次也只能同时发出，他刚开始还经常吐槽，但这种简陋的方式好像反而点燃了他的热情。以前他还说绝对不会接受电子音的，现在却沉迷其中。他现在特别在意作品的播放次数。"

"你听过《水泥海洋》这首曲子吗？"梓小心翼翼地问。

"啊，那个啊，听过。太可怕了，听得我心里七上八下的，最后都要尖叫出来了。联想到的不是恐怖片就是杀人场面，总感觉像电影音乐。说起来，我最近刚在深夜档看了部美国的黑道电影，里面用的就是那种音乐。"

"这些话你对影山说过吗？"

"当然了。他听完笑了，说第一次听到这种评价。我就在音源网站上搜了电影《旭日追凶》的原声带给他听。我说：'这是部奇怪的美国电影，里面有危险的日本人角色。你看电影开头还有警察强行搜查房子时的鼓点。哎呀，就和你那首曲子很像。'"

"《旭日追凶》的作曲家是武满彻吧？"

"啊，阿辉就说，那个人很有名啊！他气呼呼地说，'哪里像了，一点都不像'。真有意思！他这种好胜不服输的地方，我也喜欢得很。"

梓惊讶地张大嘴巴看着夏芽。夏芽接着又说："这肯定是首很高雅的曲子吧。我说自己要是成为更高雅的人，就能听懂这首曲子了。这时阿辉告诉我，听乐曲不是靠理解，而是靠感受。他的意思我不是很懂，但总之就是不用刻意去理解曲子。该说阿辉挺擅长教导人，不愧是在教育频道当主持人的人。"

像武满彻什么的，这种话就算是真的自己也说不出口。梓一边想着，一边小声嘟囔："《旭日追凶》？不，一点都不像啊！"

"啊，你的意思我有点理解。我们这个行业也一样。很多时候普通消费者觉得差不多的游戏，在游戏行业的人看来是完全不同的。音乐也是，普通人觉得类似的曲子，行业里的人看或许就会觉得明明是完全不一样的作品。怎么说呢？我一遍又一遍地听那首曲子，感觉就像特别冷的天，大清早垃圾被风吹着，哗啦啦奔跑在首班电车还没出发的涩谷中心大街上，街上异常的冷清，但实际上那里先前举办过一场庆典，传染病流行结束了，生活恢复了正常，等到了白天，也会再次人满为患。所以那首曲子是把东京化为了音乐吧！"

这个女人听了无数遍，她的感受并不迟钝。梓忽然留意到百合子始终投注在自己身上的视线。

"怎么了？"

梓问完，百合子责备似的说："影山先生这个人真是对不同人有不同的态度啊!"

　　梓有意说点什么,却又说不出口,于是闭口不语。她的心情还没平复下来。《第九交响曲》、作曲家、武满彻……

　　"不、不,我只是听说的,毕竟没见过他本人。不过夫人,您现在知道了夏芽和影山先生相处得特别好,不知如何是好了吧?"

　　梓看向百合子,对方究竟想说什么呢?梓感觉自己被人看穿了,心中越发不安。

　　"我和阿辉真的相处得很好,不管是谁看,阿辉爱的人都是我。我们彼此相爱。请你和他离婚吧!听说你说没有他就会死,可阿辉讨厌你这样,他说感觉像被你困住了一样,感觉很可怕。"

　　夏芽渐渐精神抖擞,越说越多。

　　"可我只有他了,你也一样吧?"梓艰难地组织语言。

　　"不对。就算没有阿辉,我还有游戏。游戏是我活着的意义,阿辉不是。"

　　夏芽这次没有低头,看着梓说出了这句话。她的话一次次将梓打倒。

　　"阿辉不是。"

　　"我拥有什么?爱,我有爱。可爱是什么?我不知道。"梓渐渐生出自卑。

　　"让我想想吧。"

她竭尽全力给出了这个回答。

"我就开门见山地说了，你们现在如何，还有可能破镜重圆吗？"

圣诞节到来前，百合子独自登门拜访。上次夏芽一个人说个不停，这次她想单独听听梓的想法。

本以为梓会拒绝，然而电话打过去后，梓回复"请过来吧"，百合子就在商场买了虎屋的羊羹点心带去梓家。

梓表示了感谢，切好点心，装在绘有细纹，像是九谷烧的小碟子里，连茶一起端了出来。看着茶水与羊羹点心，百合子似乎看到了梓宁静恬淡的生活。这次看到的是不同于上回所见的梓，不知怎么的，百合子就松了口气。

尽管声音轻柔，百合子却十分清楚自己的问题有多尖锐。但为了夏芽，她想把这件事弄清楚。

"现在如何啊？"梓静默了片刻才开始回答，看起来相当疲惫。

梓今天也如上次一样穿着一身黑，百合子感觉这副打扮映衬出了她顽固的性格。

"一辉先生说的什么，夏芽的话，我和她父亲都半信半疑。我也想过，她已经是个三十岁的成年人了，身为长辈还要插手不太好。但那孩子真的特别晚熟，之前是个从没谈过恋爱的宅女，所以我担心得不得了。"

百合子一边辩解着，一边打定主意要打探出所有能打探出的消息。毕竟恋爱中的少女说的话基本都是被美化了的。

"他说想和我离婚，因为他有了喜欢的人。"梓的回答简洁明了，仿佛在说别人的事一样。

"那您是怎么回答的呢？"

"我拒绝了，我说不要。"

"哦。"百合子沉默了，不知道接下去该问什么。既然说了不要，那这件事就没有解决办法了。她伸手端起茶杯，喝了口茶。焙茶的芬芳，恰到好处的茶温，滑过喉咙的茶水，一下缓和了她的紧张。这个女人泡茶也有一手。

"结婚意味着什么呢？"

听到突如其来的问题，百合子叹了口气，心想又来了。

"说真的，它到底意味着什么呢？我最近也百思不得其解。我劝女儿结婚，可仔细思考以后，我开始觉得和另一个人深入结合是件很可怕的事。结婚就是一场赌博啊！"

百合子情不自禁地和盘道出自己的想法。不知道为什么，她就想讲给这个女人听。

"我女儿觉得结婚以后自己的路就窄了，所以一直犹豫要不要结婚。啊，对了，您家孩子对此事是怎么想的呢？"

"我没孩子。"

"这样啊。我本来打算生三个，最后只生了一个。但我觉得养孩子是我做过的所有事情当中最有成就感的一件。结了婚，我才能够安心带孩子。从这层意义上讲，我觉得婚姻对生儿育女而言是个相当不错的选择。孩子知道父母是谁也会过得安定。即便有一方中途死亡，另一方也能继续带孩子。我老公不是那种会帮着做家务或带孩子的人，但他很疼女儿。不过我时常也在想，生育责任的边界在哪里呢？毕竟我们创造出了一个生命。我老公说，女儿不结婚是因为在家里住得舒服。哎呀，不好意思，我又只顾着说自己了。"

说到兴起的百合子见梓一言不发，自己也有些不好意思，于是闭紧嘴巴。

一阵尴尬的沉默过后，梓开口了。

"我不生孩子，是因为害怕孩子破坏我和他两人之间的关系。我不希望两人之间插进别的什么人。"

"您就那么喜欢他吗？"百合子心里想着，不觉间说出了这句话。

梓困惑地看着百合子，随后露出泫然欲泣的笑脸："很傻吧。有个人和我说，那不是爱。"

"怎么会呢？这就是爱啊。大家经常说，孩子是父母感情的纽带。有了孩子，夫妻间的危机总能过去。要是没有孩子，两个人就得针尖对麦芒。"

说到这里，百合子心里又是一紧。这种话简直是在和对方找架吵。

"我又多嘴了，对不起！"

"不，你说得对。我和他之间唯一的纽带就是爱。他说，喜欢上了别人，我就没有任何办法了。"

梓就此沉默下来。她这话听起来像是心里已经有了结果。她举了白旗吗？百合子心中诧异，在沉默中等待。

屋里开了暖气，有如春天般温暖。要是离了婚，她的生活还能维系下去吗？一个人不会觉得寂寞吗？如果被抛弃后产生厌世情绪并因此而死，夏芽不就犯下了不可挽回的过错吗？问题一个接一个浮现在百合子的脑海里。不知为何，比起冲昏头脑的夏芽，愿意相信永恒的爱这种幻想的影山梓更令她感觉亲近。

如果婚姻制度消失，伴侣不仅限于一人，届时人们可以和喜欢的人共同生活，那么所有人都要打出爱的旗号为自己的幸福而战。对方的爱如果消失了，他们就会像梓一样遭到背叛与抛弃。不想斗争就只能放走手中的爱。

百合子突然意识到，是婚姻保住了她的位置。拜婚姻制度所赐，像自己和秀人那样不在乎爱的人才会表现出彼此相爱的样子。

百合子感觉心里的郁闷似乎一扫而光。先前自己那么竭尽全力地寻找结婚的好处，怎么就没发现这么重要的真相呢？！伪装，对，伪装正是婚姻隐秘的好处。这话怎么都不好说给香奈听。

"要是没结婚的话。"梓突然开口。

"要是没结婚的话，我遭遇的就只是失恋了。喜欢的男人去了别的女人身边，仅此而已。就因为结了婚，以女王姿态自居的我才能把自己关在城堡里。这不是很滑稽吗？因为结了婚，我就有资格说一辉是罪人。婚姻就是无偿给予人可将他人视为恶人的权利。真了不起！所以结婚才是人生的一件大事啊！连一帮小姑娘都清楚这点。她们常说，只要结了婚他就是我的了。这种话我从前是看不上眼的。人不是物品，没道理因为结了婚，就把对方当成自己的所有物。可结果呢？直到一辉被抢走，我才大肆主张自己在婚姻中得到的权利，叫嚷着他属于我。她们所说的'是我的'，不是指自己的结婚对象，而是指叫嚷的权利。大家心里都清楚，然而只有我被爱迷了眼，故意罔顾现实。"

百合子半带惊讶地听着从梓口中接连迸出的话语。没想到现在还有这种被爱迷了眼，罔顾现实的女人。莫非她都不知道"感情不再"这个词了吗？想到这里，百合子主动开口说："感情不再的夫妻多得很呢！您不知道吗？"

"什么？"

"您不用带孩子，想必有很多时间。"

梓看了眼百合子，一脸莫名其妙的表情。

"我现在明白了，之所以存在感情不再的夫妻，是因为彼此无爱不是罪。这种现象很常见，也没人抨击。大家各自都会表示不满，但它对彼此来说也算不得大问题。不过根据我的调查，其实就是上了上网，看了看有文化的老师写的书啦。书上有这么一句话，婚姻是一种幻想。这话很早以前就开始流传了。"

"我本打算一直爱下去的。"梓小声回道。

　　"您做了什么呢？究竟要怎么一直爱下去呢？我真的不太明白。书上都没写这个。"

　　"很简单啊，一直喜欢那个人就可以了。"

　　"简单？连对女儿我都时常恨得牙痒痒，要一直喜欢丈夫？这太强人所难了吧？不，影山先生人怎么样我不清楚，可我丈夫就是个普通人，魅力什么的早就没了，他也不是个多么出色的人。有缺点，也有怪癖，甚至还背叛过我。要问我喜欢他还是讨厌他，我只能说，我发现自己常常特别厌恶他。我会忽然想到，自己为他切了多少根葱，烫了多少件衬衫。数量大概多得吓人吧！要知道我们这一代，认为妻子要为家庭奉献到底的想法还是很牢固的。奉献就是爱，我也曾经这么认为，直到最近才发现……"

　　"不是这样的吗？"

　　"对我来说不是。我只是擅长并且喜欢做家务罢了。在自己装饰的家里，在喜欢的地方摆放自己喜欢的物品，做好吃的食物，餐具也亮闪闪的，专心地扫地洗衣服，把洗好的衣物叠得整整齐齐再收进衣柜里。不这么做，我就总感觉不得劲儿，这和爱可没有半点关系。可我丈夫却觉得，这就说明我的心里充满了对家人的爱。他觉得我听到'真干净啊''真好吃啊'这种话后的开心是爱意的表现。这种事只要给钱谁都愿意啊！因为免费，就觉得是爱，他到底是怎么想的呢？他错把女人当成了家庭的附属品。男人和孩子都是，说得出'好吃'，说不出'谢谢'。就因为不赚钱，家庭主妇遭受了多少轻视啊！忙着爱丈夫的您肯定对这些一无所知吧？"

"啊？"

梓不明就里的表情突然惹怒了百合子，她说："不知道为什么，越来越想欺负你了。"梓垂下眼睑。

百合子看到她的表情，才反应过来自己忘了来这儿的目的，话说太多了。这个女人到现在还喜欢那个男人，恨得并不彻底，于是饱受精神折磨。自己一边抱怨婚姻，认为自己结了段孽缘，一边又害怕无法维持生计，守在越来越像来历不明的老人一样的秀人身边。这或许就和秀人说的一样，人生就这么回事，不知不觉就放弃了重要的东西。但是，她和自己不一样。百合子虽然生气，痛苦却是实打实的。

"您丈夫不是很会赚钱吗，所以您才能过上随心所欲的生活。以后金钱来源永远都没有了，您也会着急的。我也想谈爱啊什么的，可还是诚实一点吧。"

梓抬起头反问道："诚实一点？"

"如果用钱能解决问题，那我们就来谈钱吧。"

"钱？"

"说到底不就这么回事嘛，丈夫想离婚，夫人您不想离。这和小孩子吵架一样，就算继续争下去，分出谁对谁错也没有任何意义。为了夏芽，我希望可以得到一个结果。您无法原谅见异思迁的丈夫吧？"

百合子追问着，不知为何，内心同时暗暗祈祷对方不要认输。和夏芽无关，她是想知道这个女人的爱有多深。结婚十四年，剩下的爱还有多少呢？

"我不需要钱。"对，就得这么说。

"我爱一辉。我不会把他让给别人。"

"不让给别人？可您不是说过，人不是物品吗？"

这是她真实的感受吗？假惺惺的。百合子直视着梓，追问道："您如果真的爱他，就应该放手祝他幸福，笑着目送他离去啊，不是吗？"

大滴大滴的泪水从梓眼中落下。快反驳啊，百合子想。

"这话你不说我也知道。但我现在不希望他幸福。我希望他抛弃我后变得不幸。这就说明我不爱他了吗？"

被反问的百合子无言以对。

因为是圣诞节，就连戴着口罩的超市兼职收银员，头上都顶着白色包边的红色三角帽。不知怎么的，这样的日子令百合子感觉有些悲伤。除了帽子，员工们还穿上了带有毛茸茸白边的红斗篷和围裙。他们几乎都是五十多岁的大叔大婶，那打扮实在让人有点不忍直视。

这是个难得的日子，百合子今天决定买鸡肉。看到带骨照烧鸡腿二百二十日元一个，她当机立断买了三个，接下来又买了沙拉、腌熏三文鱼和炸薯条。和扫完购物框里所有商品计价码的收银员视线交接时，百合子感到尴尬，下意识地露出强撑的微笑。差不多年纪的兼职员工对她说了句"圣诞快乐"，百合子完全打不起精神。

回到家时，秀人和正吾正坐在客厅的沙发上喝罐装啤酒。时间还不到五点。

"哥哥，怎么了？公司放假了？"

"没有，我错时上的班，七点就开始工作。现在下班了，但就是不想回家。"

百合子一边心想再多买个鸡腿就好了，一边手忙脚乱地收拾东西。她先把柿种花生和切好的芝士装盘端到了桌上。

"秀人，你看这个了吗？"

正吾从包里拿出DVD，脱掉上衣，解开领带。

"呀，《波西米亚狂想曲》。还没呢，要看吗？"

秀人把DVD放进播放器，按下遥控器播放。

"是什么？"百合子问。

秀人回答"皇后乐队"的时候，眼睛依然盯着屏幕。

画面里开始了乐队演奏。

"什么是皇后乐队？"

"英国的一支摇滚乐队，你不知道吗？"

"不知道，有名吗？"

"啊，简直是个传奇。"

"像南天群星那样吗？"

"这个嘛，不太一样。"

"确实，他们都留的长发。"

百合子丢下两人回到厨房。身后传来电视里播放着的摇滚乐。

秀人和正吾在说着什么。女儿大概还在工作吧，但总会回来的。家，这就是家，无处可去时还能归来的地方。百合子想，这是自己结婚后组建的家庭。

洗净生菜，掰下绿叶，煮芦笋，去番茄蒂，剥下牛油果皮，去籽切开。洋葱切片，腌三文鱼。一旦专心做菜，大脑不知不觉便会放空。正炸土豆的时候，香奈回来了。

"哦哟，今天怎么这么早？"

香奈砰一声放下鼓鼓囊囊的背包，脱下羽绒服，小声说："我被水野放鸽子了。"

"什么，水野现在在工作吗？"

"他是这么说的，但我觉得可能是和那个女人在一起。"

"哦，"百合子一边回话，一边想着要忍住不吃鸡肉，随即打开冰箱，"总之，先喝点吧。"她边说边拿出肉粒肠，又开始烧开水。

"喝酒的话就吃不了什么东西了。"香奈自言自语，"我想吃饺子。蛋糕买回来了，放在玄关。"

"哎呀，谢谢，哪里买的？"

"附近买的。"

"什么嘛，我想吃 Qu' il fait bon 家的。"

"想什么呢，你一个没有收入的人。"

"你偶尔也可以当作送我礼物呀！你刚说饺子来着？那和今天的菜色不搭。"

"我想配着烧酒吃。"

"今天是吃鸡肉喝香槟的日子。"

"我就要饺子！"香奈丢下这句话后走向客厅。

百合子听到香奈大笑着说："舅舅真可怜啊！一个人孤单单的，就到我们家来了。夏芽太过分了。"正吾问香奈，圣诞前夕怎么没和男朋友在一起。香奈回答说，现在已经不是过去那个时代了。百合子咯咯地笑，忽然觉得不结婚或许也未尝不可。

百合子最后还是烤了速冻饺子，客厅里加了张折叠桌，宴席开始了。

"电影里的这个人和皇后乐队的一个人好像啊！是谁来着，主唱？"香奈问。

"弗雷迪·默丘里。也不是不像，但说不上来。"正吾话音刚落，秀人就激动地否认："哪里像了？"

"爸爸，你听过皇后乐队吗？"

"听过。"

"哇，你还听摇滚乐呢！"

香奈蘸上放了很多辣椒油的料汁，一边往嘴里塞饺子，一边难以置信地说道。

"我也不知道你爸还听摇滚乐。我以为他只听井上阳水的歌呢！"

百合子手里拿着香奈给她的鸡腿，边看电视边加入这场对话。

"你真正喜欢的不是皇后乐队吧？"

"嗯。"

"那是谁呢？"

"保密。"

"还保密，真受不了。"

香奈笑了。画面上开始播放 1985 年在温布利体育场举办的一场传说级（这是正吾的说法）演唱会。一个蓄着胡子，穿着体操选手那种运动背心，下面搭条水洗牛仔裤的男人正在众多观众面前高歌。

"这人唱得真好啊！"

"香奈，不是这个人厉害，而是皇后乐队的弗雷迪·默丘里厉害。"正吾回道。

"啊，但网上说有部分是这个人唱的。"

香奈用手机搜索信息，又把搜出来的结果讲给正吾听。这些孩子总这样，比起父母长辈，更愿意相信手机，里面说什么他们就信什么。

"在复刻乐队里，有些部分就是模仿者自己唱的。"

"是吗？"

百合子下意识地应和一声。

"别说话。"

秀人和正吾看得入迷，香奈也从手机上抬起头，目不转睛地盯着屏幕，脸上是有话要说，却勉强忍住，保持沉默的表情。电影在香奈认为百合子应该也耳熟能详的《We are the champions》的歌声中落下帷幕后，说："太感动了。"

"是吧？"正吾一脸自豪地说，接着再度喝起了啤酒。

"这个男人是他的恋人，这个女人是他初恋。哦，他死于艾滋。这是他的父亲和母亲。他是琐罗亚斯德教的教徒。儿子长成这样应该很值得骄傲吧。你想要个像弗雷迪·默丘里那样的儿子吗？"香奈看着电影结束后的滚动字幕问道。

百合子当即回答说："四十五岁就死了，我怎么办呢？"

秀人笑着说："香奈一定会长寿的。"

"为什么？"

"你是因为太担心将来的事才没办法结婚的吧。这间公寓是父母的房子，吃饭、洗衣服、打扫卫生都有妈妈做。你只用做自己喜欢的事情，没有任何压力。"

"仔细想想，你真是个享福的姑娘。"

拈着土豆的百合子也加入了秀人的阵营。

"怎么，要合起来弹劾我吗？我今天心情不好，别招惹我。"

香奈在空杯子里放入冰块和烧酒，咕咚喝了一大口。

"我不会再劝你结婚了。"

"啊，为什么？"

"我找人打听，四下调查，也看了书，但还是不太明白你说的结婚的好处。结婚对女人来说没什么好处。特别是对想继续工作的女人来说，简直就是地狱。工作、家务、育儿、护理，要做的事太多了。并且做到这些离不开爱。但就像香奈说的，持续爱一个人极其困难。看看身边人就知道了，彼此相爱的夫妻少之又少。"

"怎么，你想离婚吗？"喝红了脸的秀人不安地说。

正吾插话道："百合子不就被秀人爱着吗？"

"哪里看出来的？"

"家里都是按你喜好布置的吧？秀人靠着爱的力量在忍耐啊！你喜欢浅色和碎花，秀人却喜欢纯色。"

"啊？！你在骗我吧？"

"秀人你说，我没撒谎吧。"

"不，这个吗，我只提过那么一嘴，说想住单色调、风格完全统一的房子，并不是讨厌碎花。"秀人说得含混不清。

"我也不喜欢碎花。"香奈说。

"碎花哪里不好看了？"百合子回道。

"哎呀，真好啊！"正吾突然大声说。

"这才像家人之间的交流。我们家裕子也不在了，女儿也离家出走了，我已经没有家人了。好寂寞！我好寂寞啊！"

"讨厌！哥哥，你喝醉了吗？"

"香奈，一个人过太寂寞了。要是不打算结婚的话，你就得提前做好心理准备。"

"我还有父母啊！"

"父母总会先你而去。"

"那你的意思是，结个婚以防寂寞吗？"

"对，这就是事实！人一旦寂寞就会死的。"

"那是兔子吧！"

"女人即使一个人生活，只要有朋友就没关系。"百合子想到瑜伽班的同学，试探着说道。

"百合子，朋友和家人是不一样的。"

"怎么不一样呢？"

"朋友之间不能吵架。不，不对，是吵了架就必须和好。家人即便吵架没和好，关系也会在不知不觉中恢复原样。"

"舅舅和夏芽也是吗？"香奈提出了一个绝妙的问题。

"什么？"

"你们不是大吵特吵了吗？"

"那不叫吵架！我只是反对她和那个男人在一起而已。"正吾的脸色变得古怪。

"你真的不同意吗？"百合子问。

"那还用说，对方都结婚了。"

"那就是说，离婚你就同意了。"

"不，总之得先离婚，离完婚再说。"

"他老婆可是相当认死理呢！万一有个意外怎么办呢？"

"意外？"

"比如自杀什么的。"

"你说真的吗？"

正吾吃惊地看着百合子。

"真的啊！恋爱就是战争，也会有死人的。"香奈似乎醉得厉害，眼神浑浊不清。

百合子被这句仿佛出自电视剧里的台词吓了一跳。梓说希望丈夫变得不幸时的神色清晰地浮现在她眼前。

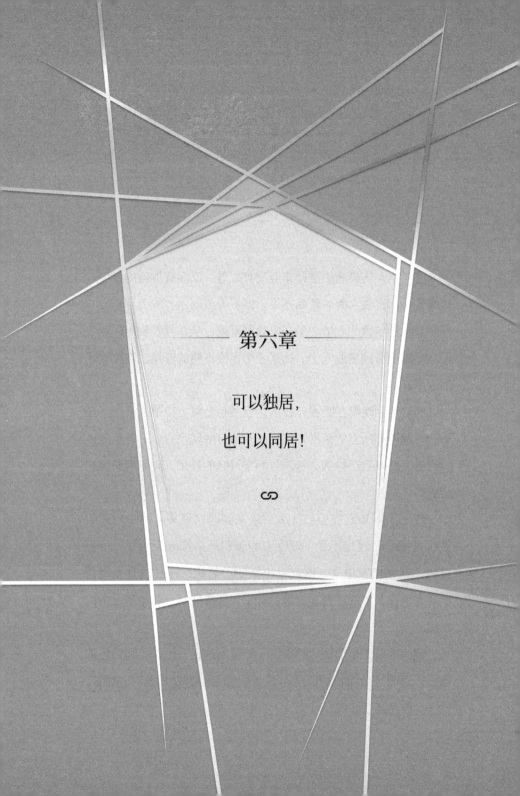

第六章

可以独居，
也可以同居！

过了年，传染病的流行非但没有减退，反而有加重的趋势。古典音乐演奏会大都恢复如初了，但每天照旧还有线上音乐会。梓怀着发掘宝藏的心情，坐在电脑屏幕前，从外行看到半职业，再从半职业看到专业人士。她买了个评价不错的音箱，连接蓝牙播放声音。

　　梓从早到晚都在听古典音乐，当然也会戴上口罩去听线下音乐会。她还和所有音乐网站签约，开始接触现代音乐。梓反复告诉自己，必须自己挣钱。音乐时而穿过她的耳朵，时而刺痛她的心脏。

　　理比人不知道在担心什么，经常到梓这里来。两人一起听在线直播的时候也不少。理比人的兼职一个接一个没了，一旦没钱，就到梓家里来，给自己煮饭吃。对此，梓并没有多说什么。有他在，梓的注意力就被岔开了，至少能够止住不断低落的情绪。

　　理比人似乎很后悔对梓说了十分难听的话，于是不顾自己的面子，直截了当地鼓励着梓。每次来的时候都要她快点在离婚申请书上签字。

　　不少《第九交响曲》演奏会依然怀抱希望，把日期推迟到了春天。尽管大家都在怀疑，不知道春天是否会真的到来，但多数人早已完全习惯了"延期"这回事。梓在下定决心这件事上也一再拖延。

　　梓心里清楚，她和一辉已经没有和好的希望了。一辉为了不违反广告合约，让夏芽回了娘家，对外介绍时只说她是他的活动助理。一辉没有回家。公寓里除了作曲所需的设备以外，他所有的私人物品也全部被搬空了。负责搬运的是搬家公司。除了餐具和拖鞋，公寓里几乎不剩什么属于一辉的东西了。他的工作室里留着的是梓的钢琴。一辉给梓发了律师的电话号码，说她有事的话就找他的律师。

　　梓不时想起母亲的话，"你中了大奖啊"。"中奖"，意思是说他们虽然刚一起时很穷，但因为一辉的出人头地，她得以过上富足的生活。母亲也很清楚，婚姻就是一场赌博。

　　"怎么了？"

　　理比人今天照旧大中午就过来了，自行在已经熟悉的厨房里为梓做热咖啡，然后随心所欲地添加冰块，给自己做了杯冰咖啡。他把热咖啡端到梓放在客厅的办公桌上。

　　"嗯。你觉得这个怎么样？"

　　"又在看？别看了。"

　　"我做不到。"

　　梓正在看的是一个名为 NATSUME 的账号上传的视频。画面基本是静止的，内容是很多像东京某处的黑白照片。这些也是那个女人的手笔吗？

"话说回来，曲子还不错吧！我喜欢，怎么说呢……"

"很温柔。"

"是啊，很温柔。转调的时候一般都会营造紧张感，风格转而变得华丽，这个怎么说呢……"

"好像被人抱在怀里。"

"对，就是这样，好像被人抱在怀里似的，有点怪……"

"真实。"

"是的，真实。话说，你有超能力吧！把我看得太透了！"

"我和你的感性思维很接近。"

梓退出视频，拿起咖啡杯。

"是吗？"

"嗯。我和一辉就不像。我喜欢的作曲家像德彪西、萨蒂什么的，他都不喜欢，我喜欢的曲子他也不给好评。但我喜欢他写的曲子，也特别喜欢他说话和笑的样子。但我不太知道，他在面对不同情况时会采取什么样的态度。他根据不同情况出色地创作出了不同类型的曲子，所以想想就应该知道的，他其实有很强的适应能力。我只看到了音乐的层面，单纯地以为他的作曲技巧很灵巧，事实上我错了。他其实是个能够随同场合和地位的变化而改变自身的人。"

"你是说这样的影山一辉才是他本来的样子？"

　　理比人说完，离开办公桌坐到沙发上。不等梓答话，他接着说：“我就住这里吧。不是有空房间吗，我会付房租的。”

　　“你说什么呢？”

　　“还有钢琴。最重要的是曲子写完立马就能请影山梓鉴赏，不挺好吗？”

　　“我说，”梓站起身问理比人，“你是喜欢我吗？”

　　“嗯。”理比人天真地回答，“我特别喜欢你。”

　　“那真是谢谢你了！”梓说完笑了。上次笑是什么时候，我有多久没听人说喜欢自己了。不，这是第几次呢？

　　“你除了作曲以外还有其他什么特长吗？”

　　“啊，我吗？特长啊……心算，数学。数学不算特长。不过，我会猜药名。我喜欢看《治疗药物便览》。给我一分钟，我就能准确猜出药名。”

　　“这是什么？”

　　“你说开始，从说的那一刻起计时一分钟，一分钟后我就能准确地说出药名。”

　　“那有什么用？”

　　“有什么用，那你告诉我，作曲有什么用呢？”

　　“可以给予人安慰。”

　　“哇，骗子！”

　　“为什么这么说？”

　　“你敢对着影山一辉说这话吗？”

梓沉默了。面对一辉时，除了对乐曲的感想以外，她无法直接表达自己的想法。她不愿被喜欢的人讨厌，所以有些时候会一边观察对方的反应，一边把喉咙里的话咽下去。咽回去的话无处可去，就沉甸甸地堆积在她的身体里。

就在斟酌语言的过程中，一辉对我产生了误解。误解？

"喂，理比人，你觉得我是个什么样的人？"梓向理比人问了想问一辉的问题。

"嗯——坚强的人。"大冬天的只穿件粗织的暖粉色毛衣，大口痛饮冰咖啡的瘦削青年当即回答道。

"坚强？"

"你说来说去都是他，我都有点听腻了。你喜欢影山一辉的外表吧？我也喜欢。我喜欢他的眼睛、他的声音、走路的样子，还有说话的方式。"

"你怎么会知道他说话的方式？"

"我在电视上看到了啊！"

"他在电视里和现实生活中的说话方式是不一样的。"梓说完后心想，真的是这样吗？！我到底在纠结什么呢？为什么会对那个人的成名感到那么厌恶呢？

"哦，你是想表达他身上存在只有你才清楚的一面。"理比人笑着说，"我能理解你的心情，但我觉得他不是个表里不一的人。他说过，'音乐是世界的一部分。不管你喜不喜欢，音乐总是在那里，人们会在不知不觉间被音乐拥抱'。我觉得这话说得真好。他从来没说音乐能给人安慰，给人力量什么的。一定是人让音乐这么做的。"

"但作曲家总会在曲子里倾注些东西吧？"

"话虽如此，但那些东西不一定能传达出来，即便传达不出来，音乐本身也不会缺席。无论人想不想听，它都会进入耳朵里。而且音乐是一种体验，根据心境、所处状况、场合的不同，接收到的东西也会不同，这也正是音乐的有趣之处。因为并未以语言说明，因此听者的自由度很高。"

"是了，一辉也说过同样的话。他教导了我这件事，我却给忘了。变的人是我。"梓想。

"你很喜欢他啊！"理比人的脸上甚至露出开心的神色。

"是啊，我承认喜欢他。有人抢走他，我就会哭。"梓小声地回答。

"恋爱很简单。欲望会变成力量，互相拥抱的时候谁也插不进来，因此可以放心。但持续爱下去很难。明明谁也不知道爱到底是什么，唯有"爱"这个字沉甸甸地驻留在这个世界上，所以我们总是提心吊胆，生怕一时疏忽就会被爱抛弃。"

"是的，我当时也提心吊胆的。"梓想。

"我认为，从对如宝物般珍爱的人所怀有的感情中除去欲望、得失心、面子和自爱以后，剩下的东西就是爱。正确的爱人方式只能靠自己去寻找。为了维持爱，人们必须忍耐孤独。靠爱活下去既痛苦又可怜。"

"他是在说我吗？"梓看着理比人。理比人凝视回去。梓垂下头。她想，他说得倒是好听。

"要是没有失去爱也能有活下去的支撑，那个人的爱就不可能变强大。对我来说，这样的支撑就是音乐。"

梓轻轻抬起头。

"你的呢？"理比人毫不留情地问道。

"爱人不需要什么资格。"梓反唇相讥。

"不是资格，是最基本的条件。"

"最基本的条件？这是谁定的？"

"你能战胜那个女人吗？"

"有什么办法能赢吗？"梓似乎被"战胜"这个词刺了一下，她深深看进理比人的眼睛，低声反问道。

"打起精神来，你不是有耳力吗？影山一辉喜欢的耳力。你还有一大堆不可思议的话语。一个讲述自己亲眼所见的景色般阐释音乐的女人，就是你。"

理比人神色温和，好似弟弟一样。

"你来讲述爱看看，我做你的听众，来吧。"

说什么逗弄人的话呢！梓的眼里渗出泪水。

"哭就输了，擦干眼泪思考吧！"

听起来，这像是在鼓励她。理比人的声音很温暖，拨动了梓的心弦。她大口吸气，调整好呼吸后缓缓讲述起来。

"是的，故事的开始非常突然。认识一辉以后，世界看起来都和之前不一样了。一切都有节奏式地散发着光芒。嗯，就像维瓦尔第的《四季》中，《春》的第一乐章一样。"

话匣子打开后，与一辉相遇时的情景生动重现。梓的耳边响起音乐。

"埃尔加不是有首曲子叫《爱的问候》吗？早晨起床，那人就在身边，平庸但优美的旋律响起来。我以为得到满足就是爱。不是吗？什么都得不到满足的自己，沉浸在从未有过的温暖感情中，被足以令人窒息的温柔包围。那就是幸福吧！为什么幸福没有持续下去呢？不知从何时起，怀疑混进了生活。到底这个人有没有比自己想象的还要更爱自己呢？内心越来越觉得干渴，想得到更重要、更确切的东西。这样的干渴让人无力抵抗。不知什么时候就像沿着墙壁蔓延的爬山虎一样，把两人牢牢禁锢在一起。"

"这种情况类似于什么样的音乐？"

"这个啊，类似德彪西的《牧神午后前奏曲》吧！高涨的不安就像不断膨胀的肥皂泡，虚幻、无休无止。因为不知道它会膨胀到什么程度，心里就更加乱作一团。但生活却试图掩盖这一点。伪造的平静，城市中虚假的绿洲，和贝多芬的《田园》的第一乐章非常贴切。兴高采烈地埋没在日常生活中，以此转移爱的焦虑，把它变成可以积攒的其他什么东西。爱是无形的，所以我们总是在不安和干渴中寻求绿洲。"

"你说得真奇怪。"理比人扑哧一笑。梓合上眼睛，想在平静流逝的日常生活中回忆起自己迷失的东西。

"误将虚假的绿化带当成幸福非常容易，但在背面，爱正如怪物一般丑陋地改变着它的形态。"

"怪物？"理比人一脸不可思议地反问。

"是的，怪物。一个圆滚滚、胖乎乎却腹中空空，贪婪地寻找食物的巨大怪物。食物越来越小，越来越少，怪物随之越来越焦躁，拼命寻找能填饱肚子的东西。"

"怪物喜欢什么？"

"亲吻、微笑、笑声、温柔的话语、拥抱……但这些东西都在不知不觉中一点点消失。于是饥饿的怪物开始对烦躁、愤怒、悲伤和绝望下手。怪物天不怕地不怕，旁若无人地威胁人们的生活。它还想要更多、更多。曾经互相亲吻过的嘴里说出互相责备的话时，怪物就会兴高采烈地现身，大闹一场，好让大家知道这是爱犯下的错。"

"这次又是什么音乐？"

"巴托克的《嬉游曲》。相爱的两人受到怪物的欺骗，更加坚持自我主张。这是两个即将被爱杀死的人。不，大多数伴侣会被怪物打败，被夺走一切。两人的遗体腐烂，回到泥土中，不久后那里便会冒出银色的小芽。"

"什么芽？"

"不知道。"梓神情恍惚地喃喃自语。

"画面总是到这里就中断了，我听到马勒《第五交响曲》的

第四乐章。"

"向阿尔玛倾诉爱意的旋律。"

"曲子很美。大家都这么说。我的想象是陈腐的，不过终究也会结束。"

理比人刚想说什么又止住了，脸上透出奇怪的喜悦之色。

凝滞的沉默持续了一阵，梓逃避了："说点儿别的吧。"

"你在孩子这件事上把我狠狠批判了一顿，那些话都是认真的吗？"

"啊，那个……"理比人放下酒杯，抬头仰视站立的梓。

"我的母亲非常痴迷我的父亲。她说生了我之后就没人把她当女人看了。每次看到我的脸，她都认真地说，要是没生下你就好了。老爷子还移情别恋，逃离了家门，她说一切都是我的错。"

"唉，该说什么呢……"

"我很可怜吧？"

"嗯。"

"没关系。等我有了孩子，我会好好疼他。"

是吗？理比人可爱的决定让梓不由得笑了起来。

"感动到我了。"梓觉得这是个自大却不招人厌的家伙。

"梓小姐，要不要给我生个孩子？"

"你在说什么呢？"

"生孩子啊，你要从那家伙身上解放出来啊！像你一样的女孩子应该是最可爱的吧！"

　　明明每天都沉浸在音乐的世界里，但不管在网上听多少直播，一天结束后，留在梓耳朵里的唯有一辉用免费软件创作的那些小片段。

　　最让梓受伤的是，一辉自从离开她以后，就开始主动创作那些不赚钱的乐曲。梓觉得比起在自己身边时卖弄红酒知识的一辉，现在陪在其他女人身边的一辉要好得多。如果一辉是因为那个女人才变成这样，毫无疑问，事实正是如此。曾经，一辉不再作曲，不再写不赚钱但自己想写的曲子，都是梓造成的。那种不但没有起到助力作用，反而给一辉戴上了镣铐的感觉拷问着梓的内心。

　　梓渐渐觉得，无论攻击哪里，怎么攻击，自己都没有任何胜算。

　　她郁郁寡欢，和大多数人一样宅在家里。离婚了就得自己养活自己。一辉会让出这个公寓吗？就算给了我，一个人住也未免太大了。固定资产税也是一笔不小的花费。卖了房子搬去租赁公寓会不会比较好点呢？伙食费、水电燃气费、健康保险、所得税、地方税、国民年金……梓反复敲着计算器。赚的钱全都会花出去，手里分文不剩。非但剩不下钱，反而还要负债。

　　但出人意料的是，父母介绍的律师说，精神损失费她想拿多少就能拿多少。这所位于丸之内大楼里的事务所虽然陈旧却很整洁，清爽的感觉让梓回想起一辉空荡荡的房间，梓从一开始就怀着股莫名的抵抗情绪。

"您为丈夫的成功做出了十足的贡献，离婚的原因是他不忠。不过，您得证明他们两人之间存在肉体关系。"

"肯定有这层关系啊！"

"对方不过是助理，如果他们主张没有发生关系的话，这就不能算婚外情。"头顶的毛发略微稀薄，面相相对年轻的律师说话干脆果断。

"这对你来说已经司空见惯了吧？"梓稍有些心烦地说。

"什么？"

"我说，你已经见惯了离婚。"

"那是我的工作，我处理过很多离婚案。"

"是吧？但离婚对我来说还是第一次。如果离婚的话……"

"我事先和对方的律师谈过了，对方的离婚意愿似乎挺坚决，说下个月广告合同一到期就要立马离婚。"

"也就是说……"

"只能选择离婚。"

"如果我说不愿意呢？"

"就算您不愿意，信用卡从下个月起也用不了了。"

"还有呢？"

"他打算把公寓留给您。"

"还有呢？"

"国民健康保险、国民年金、所得税、地方税都要由您自己缴纳。"

"还有呢？"

"夫人，比起刷不了卡的困境，您不觉得离婚后拿到精神损失费更加现实吗？著作权的继承权您恐怕也要拱手相让了。这部分您也要追加上去。"律师笑容满面，流利地说。

"现实？"

"是的，您曾经擅自进入过对方的公寓吧？您这是犯了侵入住宅罪，请不要再做这种事了。"

被律师这么一说，梓有些不好意思。

律师又问："您觉得多少钱可以达成和解？"

梓强硬地回了句"我不需要钱"，随后从钱包里拿出两张卡片，啪的一声折成两半。

"我不需要卡。"

"可是……"

"我不离婚。"

说出这句话后，梓突然觉得眼前亮了。为什么不想离婚却必须离婚呢？谁又能以什么理由来评判爱倾向哪一方呢？这是不可能做到的。自己凭什么要退缩？

现在，自己和一辉，还有夏芽，都在挥舞着各自的爱，拼命向其他人寻求肯定，让别人认为自己才是正确的一方。这也是一辉说的"无谓"之举吗？梓回忆起百合子对她说的话。"这和小孩子吵架一样，就算继续争下去，分出谁对谁错也没有任何意义。"所以，都希望自己收了钱就乖乖消失吗？

　　梓不想把通过 NATSUME 账号上传的曲子让给任何人。她已经被那些短小的片段深深吸引。不管一辉是什么样的人，对梓而言重要的是，他是能创作出这样的作品的人。

　　生活不下去，死了，都没关系，梓想。

　　"我死也不离婚。"梓又重复一遍。

　　律师盯着梓看了一会儿，说了句"您好好想想"，随即站起身。

　　想昂首挺胸告诉所有人"我爱一辉"的想法在梓的心中越积越深，但要再问自己是否真的爱影山一辉，又或是理比人这么问时，她总会心神不定，坐立难安。

　　梓渐渐开始理解，如果说与最合适的对象做爱，即为人作为生物的自然目的，那么男人与女人、又或是女人与女人、男人与男人的爱，则是另一个维度的人为概念。正如，人被有别于单纯生存的其他欲望所驱动而创作出音乐一样，爱也是作为一条应予开发到极致的路途而被开拓出来的。梓并不想通过这种方式加深两人的关系。她给一辉蒙上了自己制造的幻想，幻想一旦破灭，她就失望沮丧。梓不愿让别人看到她毫不掩饰的自我。

　　她最终得出的现实结论是，不要草率地与心爱之人结婚。因为爱情和婚姻生活有时会产生激烈的对立。生活会把爱变成另一种东西。

在绵延不绝的悔恨中，暖气大开的房间里，梓仍旧一副脏兮兮的样子，仿佛被什么东西附身了一般，废寝忘食地听着一辉上传到 NATSUME 账号上的十一首曲子，欲罢不能。

曲子是用免费的音乐软件制作出来的。打开应用软件，写下乐谱，设置好乐器后，它就会自动演奏音乐。不过如果叠加了几个音的话，部分音符就会消失，所以人们不能用它创作繁复的曲子。

在有限的条件下，一辉使用管弦乐队没有的乐器，如电吉他、竖琴、太鼓等，把当下的所处所感化为音乐——绝不靠近他人，不大声喊叫，藏起带笑的嘴角，不停洗手的东京人的憋闷、沉郁、不安、寂寞和无奈。

从作品 1 到作品 3，曲子一点点变得简单，这种变化一直延续到作品 11。相应地，曲子的力量感不断增强。到作品 11，整首曲子只用了三种乐器。

所有曲子的时长都在五分钟左右，短小可爱，好像可以用双手包起来。梓已将这十一首曲子刻在了记忆里。

就像和理比人聊到的那样，这些音乐真实而温柔，让人有种被拥抱的感觉，无穷无尽的话语在梓的心间涌现，想写乐评的欲望折磨得她喘不过气来。她为一辉明明没有受谁的委托，却写出了这些乐曲的纯粹的创作欲所触动，几欲潸然泪下。这场流行传染病奏响的声音，一辉都听到了。

她疯狂地想念一辉。

梓想起东日本大地震发生后，那个在网上努力查找带一台卡式录音机巡回演出的演唱歌手消息的一辉。他在这场流行病风潮中真真正正找到了自己应该做的事。

创作《水泥海洋》的时候也好，创作这十一首作品的时候也好，她都不在场。梓的心碎了。

她想起理比人说的话："只要真心喜欢，什么都干得下去，音乐尤其如此。"

梓想索性不再见一辉，只远远地守望，憧憬着他，从网络的海洋中自主寻找这些短小可爱的作品。

在作品 12 中，一辉似乎使用了两种乐器。作品 13 则只用了一种。他最后选中了什么乐器呢？一辉选中了我，我却弄错了爱的培养方法。放任自流的爱终将枯萎。

"感觉迷茫的时候，你可以问问自己的心，是不是换到对方的立场上，你也能爱自己。"

梓回忆起理比人说的话。

未曾察觉间便到了春天。理比人张开紧握的手，里面躺着三片浅桃色的花瓣。

"啊，樱花！"

"你认识啊！"

理比人说完就笑了。

他如今已住进了这间公寓。他身上的钱怎么都不够用，和梓商量后最终决定搬进来。理比人按时付房租，帮梓还房贷。受传染病流行的影响，和大家一样更愿意待在家里的梓撑着一口气拼命工作。就连在参加音乐会的往返途中，她都不看街边的任何风景，只顾盯着脚下，匆匆赶路。她略微低头的样子，在满是戴着口罩的人群的东京，显得毫不起眼。她还没在离婚申请书上签字。

"我送了你樱花花瓣，作为回报，能给我泡杯咖啡吗？也不知怎么的，我想喝热咖啡了。"理比人说。

"啊，好。"梓站起身。

"我说，你衣服一直没换啊？"听理比人这么说，梓才发现自己最近每天都穿着同一身灰色运动套装。

她并没有特别热衷于穿衣打扮，然而从前那个只选购能够触动自己的衣服，细心爱护所选单品，并把它穿在身上的自己似乎早已离她而去。

顿觉羞愧的梓逃进了厨房。凉爽的空气触碰到脖颈，激起她的鸡皮疙瘩。梓在橱柜寻找咖啡粉。好久没用的咖啡机映入她的眼帘。岁月流转，她意识到自己总习惯于为一辉准备一杯热咖啡后，她就不再这么做了。仅仅是因为这么做是徒劳的。而且，她也不再做热菜了。

"不要马克杯，我想用古伊万里那套带茶托的杯子喝咖啡。"客厅里传来理比人的大嗓门。

梓看向餐具柜。结婚时，是梓把在百元店凑合着配齐的餐具一个个换成自己中意的单品。她一次次跑到商场，确认价格后就开始存钱，最开始拿来替换的就是这套杯碟。梓当然不可能买得起真正的古伊万里瓷器，这套只是仿制品，但每一处精细的画面都很好看，和金子那种只会闪闪发光的华丽感不同。是的，因为需要它，它就像照射进来的光线一样恰如其分地待在橱柜里，杯子和碟子都拥有自己完整的世界，它们像被创作的乐曲一样是被制造而成的物品。

织部茶杯、九谷烧日式盘、螺钿筷子、北欧品牌的西餐餐具、英国古董银餐具，全都是梓花时间一点一点收集来的东西。它们被遗忘在橱柜里，静待再次被人使用的那天。

"我买了咖啡豆，让人磨好了，就放在那儿。"理比人的声音催促着梓找到水池边的咖啡粉。

梓拿出咖啡机，放好滤嘴，从抽屉里拿出量勺，取好咖啡粉，注水，打开开关。久违的咖啡香味让梓想起一辉还没离开的清晨。她不经意一瞥，发现抽屉里的银汤匙因为一直放着没管，已经变得暗淡无光。"得打磨一下了。"话一出口，梓差点儿落泪，她赶忙关上抽屉。

"刚想着怎么这么安静，你又哭了啊！"理比人走过来，麻利地拿出两个古伊万里的杯子摆好，倒完咖啡后端到客厅。

"哎，你知道吗，车站前新开了家面包店。"

跟在理比人身后回到客厅的梓说"不知道"，然后坐到了沙发上。

"给。"理比人把热气腾腾的杯子递给梓。

"闻下香味，慢慢喝。"

理比人穿着满是破洞的怪异红毛衣，径直看着梓。梓垂下眼睑，接过了杯子。杯子贴近鼻端，热气濡湿了嘴唇，香气直达喉咙深处。梓喝了口咖啡，味道苦涩，略带酸味。这股味道似乎要对她倾诉些什么。

"如何？尝到咖啡的味道了吗？"

"嗯。"

"就算没了他，咖啡依然很香，带有微苦的味道。"

"啊？"

"就算把他从你身边带走，你也还有你自己。"

"还有自己，我还有自己。"

"不，重点不是'你还有自己'，而是'就算把他带走'。"

梓拿着杯子，抬头看理比人。

"他已经不在这里了。"

"我知道。"

"那个是什么？"

理比人手指的地方有一个纸袋。

"你买了男士用品吧！"理比人加重了语气。

梓沉默了一会儿，小声说："马上就是那个人的生日了。"

"你要去送给他吗？"

“没有。”

“那你买来干什么？”

“我对他就是怎么都讨厌不起来，当初就是因为觉得我们互相只有彼此才结的婚。”梓仍然固守着老一套说辞，千思万想，最后还是回到了原点。

“不过说真的，我已经记不起当时的心情了。也许是对此感到不安才买了礼物。”

理比人沉默不语。

“本来还自信地以为自己能爱他一辈子。”

“继续爱他一辈子吧！挺好的！那个背叛了你还若无其事、让你束手无措的家伙，就算他不回心转意也没关系，你就继续爱下去吧！”

略带怒意的语气冲击着梓的心。

“你会很痛苦，很寂寞。”

是啊。

“你很逊。”

是啊。

“真是无可救药啊！”理比人总算笑了。

“对了，新曲完成了。你听听看，肯定能抹掉 NATSUME 给你留下的印象。”

理比人说着摆弄起手机，“就这个”，他把手机递过来。录音机转动，音乐响起。是三角铁和小军鼓的声响。嗯？梓歪过头，倾听奇异而令人怀念的声音。口琴、长笛、中提琴……逐渐加入的乐器奏出温柔深沉的和弦。

"是夏天吧。好像在森林里。啊，又变了。"

"嗯。穿过森林了。"

"到了一片广阔的天地。是在草原上吧！天幕高悬，鸟儿飞远了。"

"厉害啊！"理比人笑着说，"你真的看到了，真好，真好啊！你最厉害了！"

"啊，有人来了。"

"是谁呢？"

"不是人。哇，好好听的旋律。是铁琴的声音吧？像文艺会演一样。天哪，什么？什么？天使？"

"假扮的天使。"

"可能是恶魔？嘿，很有趣的曲子。"

"还没结束呢，好戏刚刚开始。"

管风琴庄重的和声突然流泻而出。

"唉，巴洛克？"

"真的吗？"

"啊，是爵士乐。"

梓不知何时已被理比人创作的音乐深深吸引。她把心交托在壮阔的音乐中，渐渐忘却了所有：悲惨的生活，所有事情都变得麻烦的境遇，即便如此也没死的事实，甚至连自己还活着这回事都给忘了。

她闭上眼睛。

贝斯和钢琴的声音收集起如雾霭般朦胧且漂浮着的心，抚摸起它的轮廓。梓恢复了些许痛觉，不愿回到现实的心情正与求生的本能缠斗。

梓慢慢睁开眼，与理比人四目相对。"很痛苦，很寂寞"，她照搬理比人的话，很逊。

"熊先生马上就要回来了，我们三个一起去新开的面包店看看吧。去买面包，买你真正想吃的面包，怎么样？"

真正想吃的面包？

能选那个吗？梓迈出一步，伸出手。就这么点小事，自己却做不到。

夏天过后，梓开始想吃面包，也有能力选择自己想吃的面包了。

梓因工作关系前去参加音乐会，走去车站的途中经过面包店，一股香味突然掠过鼻尖。那天，阳光毒辣，天空很高，不时吹拂的风温柔地抚摸着她汗津津的皮肤。

她不经意地走进面包店，迎面就是刚出炉的面包，就只是面包而已。但就在那天，梓听到了那些面包的声音，以至于听到的声音太过吵闹，梓瞪圆了眼睛。

看起来摆得整整齐齐的面包，细细观察就会发现，每个面包的形状都稍有不同，有的在笑，有的在生气，有的在哭，全都在喊人把它们送到嘴里去。梓不由得露出微笑。

梓的视线停留在最普通的奶油面包上。

奶油面包们笑嘻嘻地小声说："我很好吃哦，配冰牛奶一起吃，黏糊糊的淡黄色奶油入口即化，你一定会感觉很幸福哦。"

幸福？从面包里获得幸福？

"是啊，来吃我吧！"

梓抬起头，看到收银台对面的透明厨房，男人们正在厨房里烤面包。

他们像小熊一样身穿白色制服，围着白色围裙，戴帽子的工匠们认真地揉搓面团。梓想，面团会变成什么样的面包呢？她拿起离自己最近的，稍有些变形的奶油面包，还从冷藏柜里拿了一盒方方正正的牛奶，一起放到收银台上。

离开面包店后，梓走到车站前的巴士站，在长椅上坐下，摘下口罩咬了口奶油面包，奶油在嘴里蔓延，然后她用吸管戳开包装，喝起了牛奶。冰牛奶和奶油混合在一起，真的很好吃。而且……耳边还响起了一辉创作的那首可爱的曲子。

被人温柔地抱在怀中，真实的感觉。

很像真的。

被人温柔拥抱的真实感觉。

一句接一句话在梓脑海里涌现出来。

用这双耳朵听，把眼里看到的音乐变成语言。"我可以写独属于自己的乐评。"

"看到音乐的那一刻，我很幸福。"

"我或许能够努力。"

梓忽然想。

拿备用钥匙进入房间后，百合子径直穿过客厅，打开窗户。咯吱一声响，室外的空气随之涌入，推动室内凝滞的空气，掀起微风。阳台对面是如模型般的东京街道，今天的天空依旧泛着白光。夏天还没有结束的迹象，日历上却已经进入了秋天。

百合子开着窗户打开空调，把买来的肉和鱼放进冰箱后就走进卧室，换上新的枕套和床单，然后走进洗手间，打开洗衣机。接着又从走廊的储藏柜里拿出吸尘器开始扫地。掸子是百合子买来的。房主对装饰东西没什么兴趣，因此打扫起来十分简单。

打扫完毕，百合子关上窗户。房间里迅速变冷，流出来的汗水慢慢蒸发。她从冰箱里拿出一瓶水润了润喉咙，稍作歇息。客厅里只有一个大沙发和一张玻璃桌。百合子打开电视，看了会儿新闻节目，随后起身走向厨房。

她从包里拿出浅蓝色碎花围裙穿在身上，先淘米，再设置电饭煲煮饭，然后把买来的蔬菜拿出来洗。这个房子的厨房干净得像新的一样，没有一处符合百合子的审美。锅具都是不锈钢的，餐具都是白色的，没有韵味。不过在百合子的建议下添置的小碗和碟子都整整齐齐地摆在橱柜里。

今天计划做三天份的晚餐。百合子打开从家里带来的记事本，从费时比较久的菜品开始做起。

首先是卷心菜卷。她小心地剥下卷心菜叶，焯了一遍水，然后炒洋葱末和蒜末，静置冷却，再用牛肉和猪肉混合的肉糜做成馅儿，包在卷心菜叶里，接着用泡发的干葫芦条系个可爱的结。趁着用清汤炖煮卷心菜卷的空当，她又开始做章鱼烧芋头。

房子主人名叫芝山，是一位三十八岁的单身男性，经营着一家从事网店设计业务的公司。他以前都在外面吃饭，但受传染病流行的影响，不得不居家就餐，说是天天吃便利店的便当，早就受不了了。

一天，瑜伽班的朋友浜打来电话，听她说儿子的上司在找做饭阿姨，百合子就想试试看。

刚开始百合子在他居家办公的时候上门，每周去两次，只做午饭和晚饭，后来芝山对她很满意，就委托她做家务，还给了她备用钥匙。工资按日支付，每天五千日元。每周大概上门两三次。百合子从去年12月开始工作，今年3月起她又开始去芝山的两个朋友家做同样的工作，最近几乎每天都在上班。

她的雇主都是四十岁上下的单身男性，不缺钱，却没有认真交往的对象，工作就是他们的恋人。百合子不太明白这样的男人为什么不结婚。他们是怎么打算的呢？她一边干活，一边喃喃自语。百合子有时甚至还想，要是三人当中随便哪个人能和女儿香奈结婚就好了。

　　三个人都是彬彬有礼的正经人，花钱也很大方。至少对百合子来说，他们都是相当不错的男人。不过嘛，这个时候要结婚的话，比起香奈这种不起眼的三十岁女人，他们应该还是会选年轻活泼的可爱女孩吧。百合子在书里也看到过，据一家相亲网站的调查显示，女性追求对方的经济能力和温柔性格，而男性无论多大年纪，似乎都重视女性的年龄和容貌。算了，如果这么想也没什么。百合子叹口气，开始做土豆炖肉。

　　男人喜欢吃土豆炖肉，且似乎认为这是一道费时费力的菜，其实这道菜做起来很简单。只要把土豆削好，火不拧得太旺，谁都做得出来。现在的人好像都跟着视频网站学做饭，而不是和母亲学。百合子觉得这世道真奇怪，转念又想，要是说出来，大概又要被香奈激烈地批斗一番吧。

　　章鱼烧芋头做好后，把土豆放到锅里，百合子就开始腌制卷心菜、黄瓜和白菜。她切开蔬菜，撒盐杀水，加上海带、料酒、淡口酱油和砂糖腌制，接着烤鱼。她今天做的是盐烤青花鱼和带鱼，然后又做了照烧鲥鱼。

　　"凉了的烤鱼再热一遍并不好吃，不过芝山点了烤鱼，那就做吧。本来鱼这种食材，自己烤烤就行。"百合子喃喃自语。然而看到弥漫的烟雾，她想，芝山大概是不喜欢烟雾，想着想着就把换气扇开到了强档。即便如此，烤鱼的味道还是渗进了头发和衣服里。芝山肯定也很讨厌这一点吧。

　　做菜就是会沾上酱油、油、肉、鱼的味道，否则做出来的东西也不会好吃。要想避开这种不愉快，就只能花钱让别人做。

烤完鱼，接下来就要炸蔬菜，炸完再泡醋。芝山先生喜欢吃醋。百合子用微波炉做了酒蒸鸡胸肉，然后与拍黄瓜拌匀，做成了中华沙拉，又加了芥菜花拌酱油芥末，芝麻拌菠菜。在等做好的菜放凉期间，她取出烘干的衣服，烫了衬衫，然后叠好放在卧室的衣柜里。

不能花钱请人做的就是恋爱和结婚。其中，做爱一事交给别人就没有意义了。都是花钱无门的事啊！百合子一边这么想着，一边把凉了的饭菜装进密闭容器。"啊，忘了萝卜泥。"百合子说完，拿出收好的菜刀和砧板，切萝卜做萝卜泥。她忽然想到，芝山先生有没有好好利用碟子和小碗呢？

这时口袋里的手机响了，百合子用毛巾擦擦手，接起电话，哥哥正吾大喊："出院回家了！"

"知道了，知道了。我马上过去。"

"哎呀，和可爱什么的不沾边啊。"

正吾的话很好笑，百合子不由得露出微笑。

"看到没？婴儿的手好小啊。真的好小，但是手指的形状已经和大人一样了，真厉害。"

从正吾家回来的路上，香奈反复说着同样的话，她看起来有点兴奋，回家后还在翻来覆去地讲。

"你没见过婴儿吗？"百合子笑着问。

"没有啊。周围没人生孩子，就算有，我又不是他们家里人，也不会给我看吧。真了不起啊！孩子是从肚子里出来的吧。好厉害，简直像魔法一样。"

"不是肚子，是子宫。"

"孕妇真了不起啊，夏芽真了不起！"

香奈连连感叹"了不起"。

"你要不要也生一个？"

"啊？我？"

香奈没说不愿意，百合子为此稍有些惊讶，惊讶之余她坐到餐桌边。秀人兴冲冲地从厨房里端菜过来。

"爸爸，又是炒蔬菜？"

"别这么说，味道和上次不一样。我怎么都得学会这道菜。"

"这是什么？"

"煮土豆。"

"热乎乎的，看起来是不是很好吃？撒了椒盐的，蘸蛋黄酱也很好吃。先不说这个，你什么时候要回来了，先给我发个信息。我热了好几次了。"

百合子扑哧一声笑了。丈夫说了和自己一样的话，真好笑。百合子到这个年纪才意识到，在外工作的人会不知不觉忘记还有人等在家里。结婚前，她每天按时下班，所以从来没让家里人等过。不过百合子近来觉得，丈夫不告诉自己回家时间和吃不吃晚饭，与其说是没把自己放在心上，不如说是无可奈何。这对百合子来说是种不可思议的感觉。

"还有咖喱呢！"

"为什么？"

"我很闲。"

"今天没去当志愿者吗？"

香奈戳着炒蔬菜问。

"去了。小学低年级学生放学时我去维持秩序了。喂，香奈，洗手了吗？"

"啊。"香奈吐吐舌头，走去洗手间洗手。

"孩子他爸，咖喱很容易坏，等凉了就装在保鲜袋里，放进冰箱哦！"

"好的，知道了。"秀人说完围上百合子的围裙，伸出筷子夹起炒蔬菜，"不错不错。"

他边吃边满意地点点头。

"这个辣乎乎的东西是什么？"

"豆瓣酱。我还放了韩式包饭酱。"

"盐分太重的话，蔬菜会脱水的。"

"是啊，需要快点做好，毕竟普通的燃气灶火力比较弱。"

"很好吃啊！炒蔬菜已经做够了吧？你的拿手菜只有四道，不如努力多加几道？"

回到餐桌边的香奈说："是啊。刚开始老是吃咖喱，然后老是吃烤鱼。从夏天开始又一直吃炒蔬菜，其间又吃咖喱。而且总是豆腐味噌汤，你也替我们这些吃东西的人想想。"

"都叫烤鱼，但我可是做了各种各样的鱼啊。就连炒蔬菜，每次的味道也都不一样。要怪就怪你吃不出来。"

"啊——男人啊！"

香奈的总结很滑稽，逗笑了百合子。

百合子开始工作一段时间后，秀人做起了晚饭。刚开始，她每次回家都得收拾湿淋淋的洗碗池和地板。怒气冲冲的百合子不厌其烦地向秀人灌输边收拾边做饭的道理。最后，菜单就不说了，连采购、烹饪、餐后收拾的活儿都交给了秀人。秀人超出了百合子的想象，在家里他其实是个很能干的人。最近，他甚至又开始打扫卫生、洗衣服，还积极钻研里面的门道。百合子重新认识了这样的丈夫，与此同时，她时不时地竟想摸摸他的头，真是不可思议。百合子有时会想，真可爱，我可能有点喜欢他。

"妈妈，你看到阿辉了吗？"香奈滑稽地咧着嘴傻笑，边笑边问。

"看到了，看到了，他握着夏芽的手，说'你累了吧，别担心，睡吧'。"百合子模仿的口吻逗得香奈哈哈大笑。

"他给我看宝宝的时候不是还说吗，看，多么完美的嘴唇。"

"对、对、对，真是服了。我在心里爆笑。过去都说老来子很受宠，他五十多岁有了第一个孩子，肯定疼到骨子里去了。"

"他兴许是个不错的人。"

"是啊。"百合子一边这么说着，一边想到了影山梓。那个坚决不在离婚申请书上签字的女人现在怎么样了呢？一想到这里，她的心里稍稍有些刺痛。

"对了，香奈。浜打电话给我，讲了结婚的一个好处。"

"说什么了？"香奈兴味索然地问。

"她说，结婚后就不容易被人性骚扰了。"

"啊？"香奈看着百合子的脸。

"是这样吗？"

"或许吧。挑逗的话就不说了，对着人妻不是很难下手吗？毕竟人家背后有个男人。话说回来，就算下手也是白费力气吧。"

嗯？秀人装作没听见。男人可真狡猾。此时，百合子对快要刮目相看的丈夫感到微微失望。

"到手的鱼儿不给食。"

百合子来到阳台上奋力地擦着玻璃窗，擦着擦着就想起了这句话。这句话通常是指男人在结婚后就对女人冷淡下来了。但真的只有男人如此吗？

婚姻在人们幻想生活就此安定的想法中给予人们毫无来由的安心，但那仅仅意味着生活系统完成了调整，并不是说只要身在这个系统中，人们就不用再努力了。

大家是在这方面出了错，百合子想。任何人都会努力，但他们的努力都被用来完成眼前的工作了。毕竟生活很匆忙。

不得不做的事一件接一件地来。窗户要擦，马桶要刷，米要淘，洗好的衣服要叠，要穿西装坐挤满人的电车，还要向各种各样的人低头鞠躬。生了孩子就要抚养……就算再累，早晨一到还是要起床，像昨天一样开始新的一天。

就在拼命做这些事的时候，时间转瞬即逝，人们不知道自己到底为何而忙。

好不容易彼此喜欢，开始共同生活，却忘了只有两个人一起才能做到的事——互相认可、互相安慰、互相鼓励、握手、拥抱、亲吻，甚至都忘记了交流。

人类真的很愚蠢，明明都那么寂寞了。百合子停下手，把胳膊肘靠在阳台的栏杆上，眺望开始变暗的街道。这是栋位于十五楼的房子，房主叫川村，是个四十一岁的单身男性。川村是芝山的朋友，听说他经营着一家广告代理店。从高处望去，无数建筑密密麻麻地占满地面，百合子似乎成了这光景的旁观者。从这里，远处可以看到山手线的车站。一阵风吹过，百合子柔软的头发随风摇曳。

"饭田女士。"

听到有人在背后叫自己，百合子转过身，只见穿着西装的川村正在客厅朝她挥手。百合子回以一礼，拿着抹布回到屋里。

"连窗户都给我擦了，真是太感谢了。"川村边脱夹克边说。

"不用，不用，我之前就注意到要擦了，但总没时间。今天菜做得比较快。您回来得挺早。"

"是啊，聚餐取消了。"

"这样啊。"百合子说着，在洗手间搓完抹布，大力拧干，装进塑料袋后收进包里。这个房子里没有能当抹布用的东西，百合子就从家里带过来了。

"哇，看起来很好吃。"川村看着百合子亲手做的、摆在料理台上等待被收进冰箱的料理，开心地说。

"既然工作结束得早，约个会不是挺好的？"百合子试着打趣道。

"哎呀，这把年纪了再和女人交往，那就不是玩玩的事了，我可不能随便约人家。"

"但您应该很受欢迎的吧。您也是单身主义者吗？"

"也是？"

"没什么，我女儿就是单身主义者。"

"嚯。"川村笑眯眯地说。

百合子觉得他笑得可爱，也被他带得笑了起来。

"我没有刻意决定不结婚。但怎么说呢，我一直想等事业成功后再结婚，现在还没做到。"

"您不是已经成功了吗？住在市中心这么好的地方，还开了公司。"

"哪里！哪里！公司一停就得死，没有任何保障。因为传染病流行，好几个客户都破产了。下一个就是我。结婚什么的根本不敢想。"

百合子觉得有些不可思议，没想到这样的人也会说出"成功后再结婚"这种话。

"但您不觉得寂寞吗？"她反问道。

"当然也有寂寞的时候，但如果结婚的话，我的妻子就得感到寂寞了。您应该能懂吧？我过的根本就不是正儿八经的生活。而且，父亲每天忙着工作，回家就是为了睡觉。母亲总是感叹说，'我们家只有孤儿寡母'。父母还因此离婚了。我特别不希望自己的家也变成那样。"

"是啊。"百合子点点头。这是个即便把鱼钓到手了也会继续给鱼喂食的人。他甚至想到了尚未出现的结婚对象会有的难过，多么体贴啊！他早已见识过一方埋头工作，婚姻就会变得坎坷的现实，这让百合子没来由地觉得他很可怜。百合子甚至奇异地佩服起自己来，什么都没想，就那么理所当然结了婚。从某种意义上说，她或许很勇敢。

尽管视线交会，对方还点头致意，百合子当即也没反应过来那个女人是谁。有部分原因在于大大的口罩遮住了对方的面容，而更重要的是，她与自己印象中的梓相去甚远。

"好久不见。"

听到这句话，百合子才想起声音的主人，随即"哎呀"一声，接下来也没再说话，反倒把梓从头到脚好好看了一遍。

梓穿着一条草绿色，而非黑色的宽松版棉麻 A 字连衣裙，搭配平底凉鞋，染成亮棕色的头发剪短了，人看着比以前丰满。

她和以前太不一样了。

百合子的视线不自觉地回到梓的脸上。大概是看到了百合子脸上浮现的巨大问号，梓笑着邀请百合子："喝杯茶怎么样？"

百合子正好完成了在第三个雇主近藤先生居住的世田谷公寓里的工作，刚从附近的超市里买了喜欢的混合坚果。她拿着混合坚果先去收银台结账。梓买了一包牛奶装在背包里背着。

两人并排走了一小段路，进了一间小而整洁的咖啡厅。百合子点了冰咖啡，梓点了橙汁。

女服务员端着玻璃杯过来前，百合子的脑袋一直在高速运转，想着要不要告诉梓，夏芽生了孩子的事。消息传到什么地步了呢？梓真的不想离婚吗？还是已经改变心意，毕竟她已经脱下了黑色的衣服。

这时饮料端上来了，百合子长吁一口气，摘下口罩咕嘟咕嘟地喝冰咖啡。冰冷的液体流过喉咙，百合子平静了些许。

"刚才不好意思。因为你给人的感觉变了，又没穿黑衣服，我没立马认出来是你，连招呼都没打。"

"哪里，哪里，我明白。见到我的人都这么说。"

"是啊，感觉比以前明亮多了。"

"是啊，和我住一起的人总是穿着色彩鲜艳的衣服。我也受了影响。"

住在一起的人是谁？比起这个，百合子更想问梓离婚的事情进展如何，但她拼命忍住了，一下子闭上嘴巴。梓慢慢喝了点橙汁，开始聊了起来："那之后真的发生了很多事。"

是啊，是啊，百合子几乎要把身体探出去，但她拼命忍住了。百合子感觉自己出来工作以后，似乎学会了忍住想说的话。

"从何说起呢……对，先说离婚的事吧。从影山单方面提出离婚到现在已经有两年三个月了。在这段时间里我想了很多。如果早一点思考那些事情的话，说不定就不会变成现在这样了。我后悔过，有段时间也因为活得太累只会一味地痛哭。曾经那么喜欢当他的妻子。啊，对不起，说得好像不是自己的事一样。直到他要离婚，我才意识到这些。我自己也很意外。"

听着梓平静的声音，百合子想起最后一次见面时，梓反复提起"爱"这个字。那个时候，百合子不知为何变得焦躁不安，但却想要支持她。

"我意外于自己会死死抓住婚姻不放手，也意外于周围的人都只担心钱的事。他们说我离了婚就生活不下去了。律师说我可以拿到很多精神损失费。我于是明白，没人认可我的工作，一切都要看能挣多少钱。比起钱，他不爱我，对我来说才是大事。然而大家都对为此心慌意乱的我嗤之以鼻。饭田女士也一样吧？"

"啊，我吗？"

百合子脸色通红。

"我不听他们说的,立下自力更生的目标。亲情卡被收走了,我就不在外面吃饭,不进咖啡馆,也不去精品店了。这件衣服也是二手的。我想,只不过是回到了刚结婚时的贫穷生活而已,所以忍了下来。尽管心里千疮百孔,我还是努力完成工作。知道他们觉得我做不到,反而让我下定决心坚持到底。我只是在意气用事。虽然勉强挣到了生活费,但住的地方还有很大问题。公寓登记在我们两个人名下,房贷还剩两百万日元。我月收入十五万日元左右,根本不够还房贷。我现在正在找工作,想进公司当正式员工。真到不得已的时候,还能去教钢琴。总之,想到还房贷的事,我索性就把影山的房间租了出去。"

"啊!"百合子又发出声音。

"奇怪吗?"梓笑着问。

百合子不自觉地"嗯"了一声。

"那同住的人是招募来的吗?"

"不,有人主动想住进来。他是个研究生,受影山一辉的影响,立志成为一名作曲家。我被那个孩子创作的曲子深深吸引,因为工作的关系采访过他,关系自此变得亲近。他虽然很孩子气,但经常陪我聊影山,也对我说了很多严厉的话。他特立独行,也很年轻,但人很可靠,不知道为什么,我没法对他说谎。挺不可思议的,对着他我总在不知不觉间说出了自己的真实想法。"

"他……是你的新男友吗？"

百合子迫不及待地问，梓莞尔一笑："他问我能不能给他生个孩子。"

百合子有些混乱，不，是困惑，她开口反问："你刚才说他是研究生是吧？"

"嗯，研一的学生。是不是太年轻了？"

这么说起来，对方搞不好都能当她儿子了吧？百合子想到这里沉默了。

"他说想要我的基因，还是第一次有人对我说这样的话。"

她在笑什么？这女人莫不是疯了吧？百合子目不转睛地盯着梓的脸。

"呵呵，不开玩笑了，我好好说。那个立志成为作曲家的研究生，说起来已经是作曲家了，叫理比人，有个认真交往的恋人。他的恋人三十二岁，在做主厨，是个男人，叫熊先生。他们两个都在我家生活，彼此安静却热烈地相爱着，关系好到我看着都会感觉心里很温暖。理比人由于个人原因，非常想要个属于自己的孩子，他说第一次和我见面的时候，听我谈论他的曲子，就想着如果要得到卵子，就应该选这个女人。因为我有一点特长之类的东西。"

"特长？"

"对，听到非常好的曲子，我的耳朵一次就能记下来。再就是能像看到了音乐一样感受音乐。"

百合子虽然"哇"了一声，却还是难以理解这对那个研究生来说到底有多重要。

　　"他和我说，想要一个兼具我这种能力和他的音乐感性的孩子，请求我给他卵子。他一开始是带着玩笑的口吻说的，后来渐渐认真起来，让我非常苦恼。不管怎么说，我还是影山一辉的妻子。但我觉得理比人是真的认可我，我很高兴。既然要给卵子，干脆自己生不也挺好的吗？这种想法一天比一天强烈。最重要的是，我非常喜欢理比人和熊先生他们两个。这个年龄勉强还能怀孕。当然我也了解了高龄产妇的生育风险，我们三个讨论了很多次，虽然这实施起来不一定顺利，还要花很多钱。"

　　百合子一边听着梓出人意料的故事，一边在想：她说可能要生孩子，是不是意味着她已经递交了离婚申请呢？

　　梓似乎看出了她心中所想，笑着说："你是在想，比起这种事，还是早点在离婚申请书上签字吧？"

　　百合子一不留神"嗯"了一声。

　　"影山的律师前几天跟我说，影山的孩子要出生了，希望我快点签字同意离婚。现在已经出生了吧？明明之前被周刊杂志爆料的时候还强硬地说'我们是自由开放的关系，和普通夫妻不一样，别多管闲事'。"

　　梓说完，用手指戳着几乎一口没动的装有橙汁的玻璃杯上浮出来的水滴，一边开口说："还想生孩子，生也辛苦，养也辛苦，说得倒是轻巧，你是在想这个吧？母亲和前辈都劝我放弃。

可为什么一旦我想要努力做点什么，大家都要说些打击我的话呢？大家这么做对吗？就像那个人说的，保持自由的关系不就好了吗？"

梓说完抬起头，小声问百合子："我应该签字吗？"

百合子无法回答，眼前浮现出一辉因为夏芽生下的孩子而感到自豪的神色。她想说，如果并不相爱，就算结婚也没什么用，然而脑子里有个声音在问："那你和秀人彼此相爱吗？"

"理比人给了我有别于恋人的爱，我也从他们身上感受到了类似于家人给予的安稳的爱。我们三个已经对还不存在的孩子寄予了爱意，他们，不，还有我，我们都期待着孩子的出生。"

"但我心中依然保留了许多曾被丈夫爱着的感觉，而且听他新创作的音乐，连过去对他怀有的纯粹的憧憬也再度回来了。我无论如何都不想切断和他的联系。因为他有可能会回来。你敢说我弄错了吗？那单纯的执着，是我的任性，在他看来就是蛮不讲理吧！如果是这样的话，爱一个人意味着什么呢？"

梓突然沉默下来。有头无尾的疑问显现在两人之间，店里嘈杂的声响骤然覆盖了百合子的耳朵。

莫名地，百合子感受到了人类铺天盖地的孤独。一个人无法拥有另一个人，即使靠爱也不行。要是生了孩子，梓大概会清楚地体会到这一点吧。无论怎么努力，人都无法超越自己。尽管如此，人们还是会情不自禁地爱上他人，这就像诅咒一样，苦闷又悲伤，百合子想。

"你是为了生存而工作，还是为了工作而生存？"吃完晚饭，百合子对懒洋洋地躺在客厅地板上的香奈问道。她这会儿刚洗完澡，从冰箱里拿出罐装啤酒，脖子上仍旧挂着毛巾，坐到沙发上。

百合子打开从遇到梓的那家超市里买来的，自己爱吃的混合坚果，倒进玻璃小碗。

"怎么突然问这个？"香奈困惑不解。

"没什么，只是想问问而已。"

香奈沉默了一会儿，回答说："是为了生存而工作吧。"

"是吗，那你活着是为了什么？"

"什么？"

百合子喝完啤酒，把易拉罐放在桌子上，拈起小碗里的核桃。核桃只带一点咸味，脆脆的，口感很好，果仁中的油脂一点点在嘴里扩散。真好吃，百合子想。香奈目不转睛地看着她。

"怎么了？"

"你和爸爸发生什么事了吗？"

"为什么这么问？"

"我听说了一件奇怪的事。"

"也就只有你才听得到奇怪的事。"百合子的语气很轻松，她想知道女儿心里在想什么。

香奈看着百合子的脸，冷不丁站起身去了自己的房间。

香奈的身影消失在门内，百合子盯着那道门，担心自己惹她生气了。迄今为止，生气的香奈有多少次消失在了门的那头。

过了一会儿，门开了，香奈走回来，朝百合子递过来什么东西。那是一张黑白照片，上面是婴儿的小手。

"这是夏芽孩子的手吗？"

"嗯。刚出院时拍的。"

"真可爱啊，好像有话要说。"

听到百合子的话，香奈呵呵地笑了："我也是这么想的，就拍下来的。"

"现在，我活着大概就是因为想拍这样的照片吧。"

"嗯。"

香奈有自己的答案，这让百合子心生温暖，想紧紧抱住香奈。她想，就像自己和梓一样，不为了别人而活才好。不知不觉间，百合子想起了秀人给自己拍的照片。两张照片似乎有几分相似。

"今天我偶然碰到了影山先生的夫人。她给人的感觉变了很多，听她说现在是和一个研究生院的男学生住在一起。"

"唉——影山一辉知道吗？"

"不清楚。她说那个和她住在一起的人是个年轻的作曲家，而且还问过她能不能给他生个孩子。"

"哇，他夫人也干得漂亮啊！"

"那个作曲家有男朋友。"

"啊，怎么回事？"

"嗯，我也不太明白，说是找她借卵子。"百合子回答道，同时突然想到，别人应该会以为生下来的孩子是影山一辉的。梓有那么多算计吗？

"这么混乱。"香奈说完接着补上一句，"算了，只要有爱，也没什么所谓。"

只要有爱，百合子觉得这句话很好听，但同时又很可怕。爱的诞生不分场合，它将人吞噬，却又突然消失。女儿如此不假思索地说出这样一句决定性的话语，拨动了百合子的心弦。

"香奈，你和水野怎么样了？"

"不怎么样，已经像一对老夫老妻了。"

"哦，爱变成情分了吗？"

"情分啊！情分，听着好像是最后的武器一样。"

"什么最后的武器？"百合子笑着说。

"我呢，为了说服你，问了很多人，做了很多调查，还看了书，想了很久。我觉得，有关结婚的言论，列举好处什么的更不用说了，这些都没有任何意义。有多少对夫妻，就有多少种婚姻形态。婚姻能抵达何处，只有结婚后才能知道。女人很辛苦，但男人也有男人的辛苦。这就是婚姻。"

"所以呢？"

"你不想结婚没关系。但我觉得结个婚也不错，生孩子也可以。生孩子的话最好要趁早。不管选择哪一项，都没必要在意大家怎么说。"

百合子明白，这是一件非常困难的事情。

"你又喝啤酒了吗？会长胖的。"

穿着睡衣的秀人突然走出卧室，坐到沙发上。

"怎么了，睡不着觉？"

"嗯。下次我想做蛋包饭。"

"等等。"香奈严肃地说。

"该不会每天都要吃蛋包饭了吧？"

"你得忍一段时间了。刚开始肯定做得不好。"

"妈妈。"

香奈的声音很搞笑，百合子笑着说："没问题，只要不用再吃炒蔬菜就行。"

"好，那就这么定了。蛋包饭可是很讲究的，要分为饭和鸡蛋两个部分。"

"看着点花费，别超出我挣的钱。"

"知道。我可是在银行上过班的人，算得一手好账。"

"饶了我吧！"香奈表示抗议。

她的意见却没被采纳。

百合子笑着问："孩子他爸，明天有排练吗？"

市民交响乐团要在年底举行《第九交响曲》演奏会，秀人加入了他们的合唱团。为了演奏会能在今年顺利举办，他们开始戴着口罩排练。

"啊，七点开始。我先把晚饭做好放着，你们到时候热了吃。"

"好——"

"还有，香奈，你也付房租吧。爸爸替你攒起来。"

"啊？"香奈噘起嘴。

秀人看着她笑。

"让她给多少呢？"百合子问。

秀人端着银行职员的语气回答："双方通过协商确定。"他早晨上班时身穿西装的熟悉身影和眼下穿睡衣的样子重叠在了一起，百合子眨了眨眼睛。

一门心思只顾着走路，最后会走到哪里呢？自己肯定只会不停走下去吧，而这个人会陪在我身边，百合子想。